〖中华诗词存稿·地域专辑〗

中华诗词学会 编

荒庐拾韵

黑龙江诗抄

作者 王金

中国书籍出版社
China Book Press

图书在版编目（CIP）数据

荒庐诗韵 / 王金著 . -- 北京 : 中国书籍出版社，
2020.7

（中华诗词存稿·黑龙江诗钞）

ISBN 978-7-5068-6965-2

Ⅰ . ①荒… Ⅱ . ①王… Ⅲ . ①诗集—中国—当代
Ⅳ . ① I227

中国版本图书馆 CIP 数据核字 (2020) 第 124437 号

荒庐诗韵

王金 著

责任编辑	李国永	
责任印制	孙马飞　马　芝	
封面设计	采薇阁	
出版发行	中国书籍出版社	
地　　址	北京市丰台区三路居路 97 号（邮编：100073）	
电　　话	（010）52257143（总编室）（010）52257140（发行部）	
电子邮箱	eo@chinabp.com.cn	
经　　销	全国新华书店	
印　　刷	北京虎彩文化传播有限公司	
开　　本	710 毫米 ×1000 毫米 1/16	
字　　数	220 千字	
印　　张	20	
版　　次	2020 年 7 月第 1 版　2020 年 7 月第 1 次印刷	
书　　号	ISBN 978-7-5068-6965-2	
定　　价	1198.00 元（全 6 册）	

个人简介

　　王金：网名拾荒寻高，斋署荒庐。1948 年 3 月出生于黑龙江省尚志市帽儿山镇。1968 年参加工作。先陕西，后黑龙江，从事地质勘查、地质找矿工作。历任地质大队技术员、科长、办公室主任、工会主席、副大队长等职。高级工程师职称。

　　退休后，2007 年学写诗词，旨在自娱自乐。中华诗词学会、黑龙江省诗词协会、黑龙江省楹联家协会、哈尔滨市诗词楹联家协会会员，北国诗社副社长，中华诗词论坛北国诗词版块版主。几年来写有诗词两千余首，主要在网上交流。部分作品被《凤翥九天》《长白诗词》《海龙吟》《梅津汇律》《北国诗词》等几十种书刊收录。著有《拾荒集》，合著有《三友集》《北国诗词》等。

总　序

　　我们这个诗歌大国有一个很好的传统，历来注重"采诗"、搜集整理诗歌材料。作为唯一的全国性诗词组织的中华诗词学会，自 1987 年 5 月成立以来，就十分重视这项工作。学会每年的学术研讨会和历届"华夏诗词奖"，都出版论文集和获奖作品集。纪念学会成立二十年、三十年时，还专门编辑出版了《大事记》《论文选集》《诗词选集》。《中华诗词》创刊以来，每年都制作年度合订本。2007 年 5 月，在北京天识东方文化艺术传播有限公司的资助下，以近代以来诗词创作、诗词理论、诗词运动重要文献汇编，当代名家个人作品专集等为主要内容，出版了《中华诗词文库》。经过十来年的编辑整理，已经出了近百卷。这些诗集、文集的出版，记录了近百年来尤其是改革开放四十多年来，中华诗词从起步、复苏走向复兴的砥砺前行的历程，为近、当代诗歌史的撰写准备了丰富的资料。

　　党的十八大以来，中华民族优秀传统文化重新受到应有的重视。习近平总书记《念奴娇·追思焦裕禄》词和《军民情》七律的相继发表，引领中华大地诗潮滚滚而来。《中共中央关于繁荣发展社会主义文艺的意见》和中办、国办《关于实施中华优秀传统文化传承发展工程的意见》，都明确提出"加强对中华诗词、音乐舞蹈、书法绘画、曲艺杂技和历史文化纪录片、动画片、出版物等的扶持。"国家教育部组织制定由中华诗词学会起草的新中国语言体系中的新韵书《中华通韵》已经通过国家语言文字工作委员会语言文字规范标准审定委员会审定，即将颁布全国试行。这些都使我们真切地感受到，中华诗词的春天真的到来了。诗人们乘着骀荡春风，正以高昂的激情，书写着中华民族伟大复兴的新时代、新史诗，国家富强、民族振兴、人民幸福的中国梦；正以与人民同呼吸、共命运的诗人之心，对人民的欢乐、人民的忧患、人民的情怀给以诗意的表达；正以"美"或"刺"的诗人之笔，对市场经济大潮中人民对幸福生活的期待，对美好未来的希望，对假丑恶的深恶痛绝，或给以方向，或给以赞美，或给以鞭挞。正如习近平总书记所指出的："好的文艺作品就应该像蓝天上的阳光、春季里的清风一样，能够启迪思想、温润心灵、陶冶人生，能够扫除颓废萎靡之风。"

当前，传统诗词创作者和诗词爱好者队伍发展迅速，已超过三百万。每天创作的诗词作品超过唐诗、宋词、元曲的总和。诗词评论研究队伍也成长很快，诗词评论、诗词学、诗词创作理论研究成果丰硕。如何从浩如烟海的诗词作品中"淘"出优秀作品，并使之存下来、传下去，如何使诗词研究理论成果"面世"并发挥应有的指导作用，确实是摆在我们面前的无可回避的一个重要课题。中华诗词学会是一个没有国家编制，没有国家拨款的社会团体，事业的运转主要靠社会赞助和会员费支撑。俊识（北京）文化传媒有限公司总经理吕梁松、北京采薇阁总经理王强，两位一直是对中华传统文化情有独钟的热心人，慷慨解囊，愿意同中华诗词学会一起，搜集整理编辑推出《中华诗词存稿》这套书，共同为中华诗词文化的继承和发展，做成这件十分有意义的事情。

　　《中华诗词存稿》主要搜集整理出版三部分内容的资料：一是当代诗词名家的个人作品集；二是当代诗词评论家、诗词学者的学术著作集；三是当代诗词作品、诗词理论学术成果阶段性、专题性、地域性的集成类作品集。诗词作品强调精品意识，沙里淘金，把"有筋骨、有道德、有温度"的优秀诗词作品搜集起来。诗词评论、研究类资料强调理论性和创新性，应具有鲜明的个性特点，具有创建性的见解。集成类的资料应有一定的史料保存价值。总之，做成一套具有当代价值和历史意义的好书。在此，我们编委会人员，向提供资料、筛选编辑、版面设计、校对勘误，包括所有为这套资料付出辛勤劳动的同志们，表示真诚的谢意！

郑欣淼

二〇一九年七月于北京

自 序

花甲学诗,自娱自乐。基础无多,底蕴浅薄。举步艰难而不悔,道路坎坷而无辍。晨昏敲键练就一指禅功,早晚临频采遍方家华英。经年累月,集腋成裘。历经十年,得诗词两三千首。2006年已遴选700余首,结集付梓,名曰《拾荒集》。此次应成栋先生之约,遴选近几年作品近900首,结集名曰《荒庐拾韵》。

在诗词道路上能走到今天,这主要得益于老友之促志,挚朋之携行,以及网上诗友之激励。未有方家的点拨与提携,余将一事无成。

诗词乃国粹,博大精深。学好非易事,写好更是难上加难。余自知投石问路,尚未入门。所写篇杂,信手涂鸦,包罗万象。多有格律不谐,对仗不工,立意肤浅,影象欠佳之处。碎砖烂瓦虽不尽人意,但也是一点心血。 所以,不揣浅陋,敝帚自珍,草编成集。是为留下一点爪印,是为向关心支持我的人们作一汇报。

编辑成集过程中,得到成栋先生的悉心指导,得到诸多诗友的诚恳帮助,在此表示真诚谢意。同时,向一直关注和支持我的亲朋好友、家人,出版社、印刷厂的朋友一并表示衷心感谢。

　　我将以此为契机，在今后的日子里，勤奋学习，加倍努力。在有生之年争取在诗词的道路上走得更远一些。

　　读此诗集，您看到的可能是枯枝败叶，残羹冷饭，破瓦碎砖……或啥也未看见。智者见智，仁者见仁。您可以废弃，您可以调侃，您可以批评，您可以斧正。只要不给您添堵，茶余饭后作一两句谈资，笔者就知足矣。

　　真诚希望方家，指拙赐教。

　　是为序。

笔者戊戌腊月于冰城荒庐

目　录

五　律

七 律

五　排

七　排

五　绝

七　绝

词二百二十二首

五律

乙未迎春

骏马班师去，灵羊履职来。
荧屏连贺句，网络聚英才。
好事千人做，蓝图众手裁。
同心圆绮梦，阔步向高台。

烤全羊点火助兴

全羊逢盛世，老谱味添新。
莫恋餐头福，当寻韵里珍。
双徐先拓路，群友次扬尘。
燕舞莺歌唱，花开又一春。

老妻六六寿

华诞逢双六，全家共贺之。
姑娘包饺子，媳妇买糕饴。
儿子开红酒，孙囡唱贺词。
老夫心感动，拙笔寄情诗。

春分二题

（一）

昼夜平分日，寻春老虎滩。
东君风送暖，游客褂披单。
岸雪浑无迹，江冰溃已残。
放眸云际处，似有激流湍。

（二）

正是春分日，怡情向小园。
风熏吹绿意，阳暖照红幡。
湖岸丝绦闹，林间翠鸟喧。
忽闻弦管起，鹤发舞婵媛。

当值感言

三更不寂寥，敲键对屏聊。
笨鸟先飞急，精英难赶超。
诚心为尽职，刻意正尘嚣。
还我真容貌，应知北国娇。

回家

又逢春节到，愁绪乱添觞。
燕地风欺眼，冰城雪润肠。
思儿心落落，别女意惶惶。
为赴全羊宴，登程向故乡。

依韵答骏马版

人生万事难，直面自超然。
年老心非老，身坚志更坚。
风骚尚未已，国粹理应传。
不倒车轮转，驰驱向九天。

初伏

溽热从天降，无风怎纳凉？
花枯叶打绺，树燥枝垂墙。
人洗桑拿浴，牛蒸喘月塘。
林深不闻鸟，水浅鱼难翔。

北国诗社部分诗友冰城小聚感吟

浮萍又一年，依旧老婵娟。
雨雪身同助，霜风手共牵。
桑榆悬落日，霞蔚漫盈天。
莫叹相逢少，文心谊悦阗。

方寸乾坤大

鲤鱼藏肚简，烽火戏诸侯。
驿站传音讯，飞鸿送喜忧。
相思常问月，离别寄行舟。
方寸乾坤大，文明永世留。

秋夜

入夜听秋雨，醒来梦若烟。
吟诗难得句，问佛不知禅。
孤寂丝丝缕，伤悲累累牵。
何时窗烛剪，把酒话婵娟。

今日立冬

立冬冬日到，降雪雪纷飞。
流水水消瘦，凌冰冰渐肥。
观红红已退，览翠翠成微。
驿客客心寄，思家家不归。

雨花斋

敦化雪冰莹，雨花斋饭清。
和谐歌盛世，福佑舞心声。
积善存余庆，施仁得圣明。
感恩天共地，孝道应先行。

咏红豆杉

杉王林海立，寒雪傲苍颜。
劲骨春秋度，深根奥壤间。
体伤三去二，命胜两千关。
化石明青史，虬枝可证山。

咏靰鞡

开门先进褶，掌后两钉承。
脚裹粗麻布，踝缠细绺绳。
毛皮防冷雪，羊草御寒冰。
年少曾穿过，情恩暖意腾。

索道

长缆挂囚笼，游人吊碧空。
难寻溪水响，但见峭岩雄。
脚下松梢远，胸前鸟路通。
惊魂犹未定，已到半山中。

云阶

巉崖险壮兮，岩壁筑天梯。
雪霁晴方好，光临冻解蹊。
攀阶栏做杖，登顶手当蹄。
欲坐息息气，亭台尽水泥。

痛悼北国诗友舒莫老

屏前传噩耗，悲痛悼前贤。
戎马征途苦，讲台桃李妍。
诗词倾北国，韵律铸江天。
德范垂千古，丰碑记故仙。

故乡行 五首

一、金水源头漂流

两岸青山立，一川碧水流。
云疏天气爽，林密鸟声幽。
划艇追波跳，擎篙逐浪游。
几人河里落，嬉笑慰同俦。

二、登帽儿山

早存巅顶志，今去觅仙踪。
远望千层壁，旁听万壑松。
顽童无惧意，皓首更从容。
一览群山小，登高我为峰。

三、投宿农家

傍晚山村静，西天一抹霞。
停车金水岸，投宿野人家。
土碗三巡酒，瓷壶二品茶。
更深无寐意，对饮话桑麻。

四、河边垂钓

河里无鱼矣，垂纶且钓之。
没缘收与获，只为梦和思。
童稚应如是，耆翁忆旧时。
怡情人共乐，胜饮酒三卮。

五、中元祭祖

老天因惧鬼，连雨节稍晴。
结队东山峪，相携祭祖茔。
冥钱传念意，香火慰平生。
长跪明心愿，儿孙享太平。

读于娟《此生未完成》

何事未完成，娟言吐赤诚。
钱多无所用，体健是先行。
相爱融其乐，蜗居暖此生。
浮云何足恋，现实最分明。

三八节致老妻

缘交地质兵，注定苦平生。
孤寂家单影，悲辛业独擎。
育儿盥洗涮，敬老炖煎烹。
今已苍苍发，看孙度晚庚。

春

熏风过岭津，草木长精神。
雨细横塘落，湖平縠皱匀。
鸣虫耕旧土，紫燕问新邻。
万物皆苏醒，听雷已入春。

读微信感赋

久别情难却，微信话语亲。
流年翻旧页，更岁度余春。
耆老人何在，韶华影逐尘。
相逢期可待，先葆健康身。

我有一壶酒

我有一壶酒，人生不算贫。
感恩迎日月，回报敬冬春。
相聚邀诗友，离分祭祖人。
倾杯拼一乐，足可慰风尘。

贺彭祖述先生松花砚备展

方雕举世惊，纹理自天成。
妙手松花韵，精工长白情。
竹莲随鹤舞，玉砚伴霞生。
八秩心高远，东荒誉美名。

世界诗歌日寄怀

凭栏千里望，激浪荡心田。
岁月驹过隙，人生雾化烟。
匆匆归去客，寂寂往来船。
莫问沉浮事，分杯醉韵前。

丁香

又见丁香结，流年增岁轮。
新枝萌萼绿，旧干孕精神。
淡雅争春早，欣然伴夏辰。
含苞逢雨后，香气醉游人。

听《春江花月夜》感赋

春江花月夜，娓娓意难平。
奥邈因何诉，迷离缘可耕。
清幽浓淡画，哀婉抑扬声。
千古传今日，谁知就里情。

端午寄怀

艾菖驱病疫，米粽送河仙。

彩线缠肢腕，龙舟动地天。

离骚千古唱，汨水万人传。

何以端阳祭，民心慕圣贤。

嵌字贺老友周哲辉稀龄华诞

哲人龟寿永，辉日韵天长。

诗梦庄周蝶，词吟若水乡。

绮文联话趣，丽句大鹏翔。

高义魂碑筑，雅音留郁芳。

南海仲裁案有题

一纸荒唐言，蟹虾犬吠天。

东溟吾钓岛，南海我疆渊。

旧恨何能忍，新仇岂可蠲。

雄狮严阵待，亮剑定坤乾。

联句得律

人老心不古，诗新意方遒。
不畏艰难苦，何惧雨风稠。
北国潮掀起，南天浪飞舟。
但能得丽句，不必问因由。

读夏远方诗词感赋

佳篇耽夜读，枕上现霓虹。
诗美承唐制，词工蕴宋风。
羡君大手笔，愧我小雕虫。
愿结良师友，同舟韵海中。

"九一八"警笛长鸣

声声警笛鸣，召唤柳条营。
旧恨何曾忘，新忧岂可轻。
东溟掀恶浪，南海乱裁评。
守土无旁贷，人人都是兵。

听玄长友君读诗

一篇《地质郎》，热我内中肠。
娓娓真情赋，洋洋锦绣章。
钩沉多故事，逸趣有琼浆。
洗耳听天籁，又闻野草香。

延寿行吟 六首

长寿湖百寿图

长廊嵌寿字，瑰宝势弘恢。
凤舞翩翩秀，龙飞阵阵雷。
白描镌画卷，阴刻塑红梅。
中古名贤集，堪称墨笔魁。

长寿湖赏秋

吟朋共赏秋，风景望中收。
峰岭斑斓色，平湖剔透幽。
山前观寿字，亭畔望云游。
拍照长堤上，诗情万古留。

延寿临亭

亭榭有佳邻，长桥连渡津。
前街繁市茂，后水浪涛亲。
游客谈高雅，闲人叙趣伦。
郁犁呈美赋，此处更精神。

国家级湿地

湿地乘兴游，廊桥曲径幽。
絮飞芦苇在，花落柳枝柔。
碧水清如许，亭台影若楼。
忽闻弦管起，万众亮歌喉。

延寿街行

长街慢步行，无处不春风。
人面呈花绽，楼林入碧穹。
豪车多户有，商铺百家隆。
一派繁荣景，和谐喜乐中。

湿地宝瓶

湖边赏宝瓶，紫气满亭生。
净水流甘露，莲花映碧琼。
修仙寻老子，问佛度苍氓。
携手留佳照，平安万里行。

秋夜

秋暮沉沉夜，更深淡淡云。
云浮明亮月，月洒虎斑纹。
纹皱愁相忆，忆君安得闻。
闻听弦管起，起坐颂诗文。

读双山先生《酒妻》后感赋

前闻兄戒酒，缄默难开口。
一世饮琼浆，晚年何必否。
闲哉解闷愁，乐矣行吟吼。
不醉古稀时，诗词酬故友。

残荷

绿去红消尽，孤蓬一干擎。
秋风凉瑟瑟，碧水冷清清。
藕断淤泥护，丝连绮梦萦。
东君终化雪，翠盖满池生。

悼女飞行员余旭

深情思故土，绮梦在天宫。
孔雀开屏翅，英姿舞劲风。
长空倾碧血，大地现霓虹。
洒泪魂灵祭，人歌烈女雄。

拙和双山兄《无题》

浪迹云游远，终回故土田。
捻须悲日月，抱病乐天年。
世上千般事，人间一枕眠。
诗词无酒贵，不值半文钱。

无题

冥冥在梦中，倚杖探仙踪。
追步青云上，扬眉冰雪封。
杯亲黑土地，酒敬白头峰。
故友如山重，乡情似血浓。

冬至

冬至雪飞纷，新阳未见轮。
冰雕楼阁假，霾荡雾云真。
郁闷心添乱，消愁酒最亲。
吟诗三两句，自恋韵中春。

自况

人到稀龄岁，无心盼过年。
廉颇三饭饱，陶潜一壶眠。
子建洛神赋，屈平哀郢篇。
唐风同宋雨，伴我醉林泉。

人生一首诗

人生一首诗，平仄任由之。
韵律常离谱，思维也悖时。
情随骚赋落，业伴古风驰。
枯木逢春到，花开未可知。

人生一碗茶

人生一碗茶，淡雅最堪佳。

悟道观音铁，传馨茉莉花。

明前龙井叶，雾里毛峰芽。

普洱醇香厚，强身壮气华。

步养根斋先生韵贺岗子类型座谈会召开

寻古探河壁，闻鸡起早行。

瓦当遗石旧，文论廓评清。

绮梦因诗证，丰功赖苦征。

东荒留胜迹，岗子列新名。

春字游戏

春风春日暖，春雨送春来。

春水春波动，春山春景开。

春花春叠翠，春树春结胎。

春曲逢春唱，春人春壮哉。

寻春

流年何处找，花落知多少。
问蝶蝶无言，问蜂蜂不晓。
青山草木丰，夕照霓霞好。
小酒莫贪杯，寻春应趁早。

清明祭同学

清明拜祖坟，莫忘弟兄魂。
聚首虽时短，逢缘却结根。
同窗观日月，共榻度晨昏。
洒泪西天祭，清醇酒一尊。

抚琴图

何事弄琴声，知音起共鸣。
子期人不在，俞伯断弦筝。
千古寻幽梦，三生未了情。
高山流水曲，绝唱动心惊。

谷雨

夜雨细无声，悄然塞北行。
丝丝滋美塑，落落洗边城。
布谷鸣空谷，犁牛唱早耕。
春光无限好，携手续新征。

小满

冬麦已抽浆，耕犁垄上忙。
春归增绿色，夏至少红妆。
节令逢时满，炎天与日长。
新荷争出水，翠盖罩池塘。

晚湖观钓

傍晚水波平，闻莺三两声。
闲人堤岸坐，渔者竹竿擎。
霓彩湖光灿，鳞红钓饵惊。
贪心终不舍，短命向西行。

丁酉端午

又是端阳日，情思到郢乡。
离骚悲日月，天问动参商。
爱国春秋永，怀民曲赋长。
而今逢盛世，米粽祭贤良。

哈市逢楼长春诗友

交流微网久，谋面得相知。
榆树生嘉木，长春赋好诗。
言谈增雅趣，举止靓风姿。
挥手匆匆去，殷期再会时。

森林氧吧

天然生态氧，游乐向天涯。
晓日辉光灿，黄昏幻彩嘉。
清心人入静，健脑客思遐。
一饮山花醉，林泉是我家。

夏至

夏至柳婆娑，横塘赏碧荷。
微风亲水面，绿盖吻清波。
才见蜂欺蕊，又闻蛙鼓歌。
天然多乐趣，敲韵未蹉跎。

小暑 二首

其一

小暑临中夏，炎炎热日加。
微微风不动，绰绰树无瑕。
借得芭蕉扇，斟来茉莉茶。
推敲平仄韵，杯酒话桑麻。

其二

暑天童稚脸，变化瞬间生。
万里阴云邈，几时淫雨行。
风狂吹两阵，雷闷响三声。
未及游人躲，长空已放晴。

军旗

猎猎旌旗展，殷殷血染成。
一枪云织锦，百战色添荣。
横卷东洋寇，驱除蒋家兵。
军魂应固守，永保国家宁。

孝

人人皆有母，代代善心捐。
寸草知恩谢，儿孙懂孝廉。
王祥冰鲤暖，吴猛饱蚊馋。
美德流千古，今人永继传。

处暑

冷雨暑炎殚，霜风绿叶残。
平湖云水阔，沧海地天宽。
旷野禾摇穗，层林岭染丹。
秋歌谁唱起，同我尽余欢。

秋分 二首

其一

平分秋色日，昼夜等均时。
沃野丰田穗，良园硕果枝。
山青荷曼舞，水碧鸟吟诗。
邀客凭栏饮，离情惹梦思。

其二

秋分日渐凉，晨起见轻霜。
雨染层林灿，风雕碧水苍。
偃旗虫迹匿，息鼓雷音藏。
大雁南飞去，何时返故乡。

寒露

秋寒露渐成，霜雪已初萌。
雁鹜归踪去，蝉虫入梦行。
田家粮满廪，渔者酒添觥。
弦管谁弹起，频传动地声。

霜降

倚栏郊野望，霜露透晶莹。
风定花犹落，云开日更明。
冷敲松竹韵，寒赋雪冰情。
短短前行路，诗词伴此生。

聆听十九大报告

京都开盛会，天下震雷音。
永响冲锋号，常思指北针。
锤镰添秀色，家国布甘霖。
方略蓝图美，殷殷万众心。

贺双山兄古稀华诞

同庚举贺卮，君乃吾良师。
曲赋人神赞，诗词天地知。
五车胸内聚，七步口中奇。
跟踵贤能后，加鞭驽马驰。

老了

弯腰身矮小，耳背听清少。
深夜梦难成，清晨昏未晓。
开餐慕老廉，问病寻思邈。
生死自安然，行吟应趁早。

重阳节

重九登高处，茱萸插几枝。
倾杯饮菊酒，提笔赋花诗。
莫叹骚人老，只因岁月欺。
坦然寻逸趣，生死任由之。

重阳雅聚

同约西泉眼，车行直向东。
相逢呼老友，谋面结新翁。
秋去无花草，冬来有雪风。
重阳今又是，辞赋寄情衷。

初识亦东主席

司马名司马，小生非小生。

天然无伪饰，造化有真情。

尽力追诗韵，直言对友盟。

琴心肝胆照，一笑几杯倾。

韵和成栋兄吃新米饭感怀

早市沽新米，餐时似旧粮。

盆淘虽尚白，锅煮却无香。

巧语谁能辨，贪心客未防。

五常名品稻，假冒总沾光。

七律

元旦试笔

每逢元日换新符，可是年年愿却无。
归圃空留五柳志，退林难弃七贤壶。
廉颇虽老三餐饭，彭祖长青只影孤。
大道寻常应有序，坦然生死问耕锄。

小寒郊游

小寒览胜未知寒，潇洒西行向野峦。
远看白云云已渺，近观冰雪雪初残。
早歌喜鹊栖高树，晨练仙翁倚矮栏。
难得冬阳频送暖，几多游客弃衣冠。

送老友丛连福去贵州

何因耄耋贵州行，为享天伦赴远程。
寸草春晖承雨露，乌鸦反哺报肴羹。
人间永颂椿萱爱，世上同歌家国情。
百善当先应为孝，和谐欢乐最文明。

羊宴迎春

全羊设宴大家尝，莫问吟朋住哪方。
只为迎春抒块垒，更因除岁断愁肠。
真情歌唱正能量，盛世欢呼新曙光。
开泰三阳送福祉，谁人此刻不倾觞。

回家

年关将近意彷徨，岁月欺人乱主张。
雪冷诗怀难觅句，酒温愁绪易牵肠。
回家何惧路途远，祭祖莫因山岭荒。
浪迹天涯终是客，寻根落叶必归乡。

立春

时逢六九涌潮新，冰雪初消春上林。
梅萼含苞添秀色，柳枝甩袖荡清心。
班师骏马归安去，遵旨灵羊当值临。
佳节欢歌歌盛世，同圆绮梦放豪吟。

步养根斋韵和《乙未迎春》

骏马班师捷报嘉，灵羊履职沐朝霞。
鸦能返哺知恩母，犬不嫌贫却爱家。
打虎除蝇悬利剑，安邦治国种鲜花。
适逢佳节同圆梦，盛世欢歌向远涯。

除夕

街衢巷口彩灯悬，礼爆烟花远近燃。
滴水屋檐传绿意，欢歌屏幕贺红年。
孙儿举起金杯酒，老伴拿来压岁钱。
除旧布新迎福祉，家家户户共团圆。

步犬尔韵贺开江诗词协会成立

春动开江紫气腾，三阳开泰社盟兴。
峨城挥笔吟旌舞，宝石铺笺彩赋凝。
国粹弘扬需劲旅，诗词传续赖吟朋。
燕灵犬尔中坚力，比翼蓝天向远征。

步福有先生韵《长白山文化建设
工作会议召开之际杂感四题》

其一

雁队排人向北空，寒梅吐蕊正花红。
人贤荟集关东赋，地杰缘成长白风。
古韵源流流厚重，今音传续续亨通。
不咸山下雷声起，阵阵松涛更励翁。

其二

旗旌高举苦追寻，唯有精华列上林。
数载耕耘劳日月，十年矩阵炼身心。
源流网络诗成派，象现骚坛韵入琴。
继往开来同勠力，狂飙一曲向天吟。

其三

源流千古浪花悠，韵海扬帆竞上游。
证史勘查寻趣乐，吟诗耕耒解烦忧。
一人引领开骚径，万众前行荡律舟。
卷帙浩繁弥足贵，鸿道再起赖新谋。

其四

开泰三羊履职新，白山文化又逢春。
结盟劲旅看盟阵，流韵新军动韵神。
基奠已铺云水路，行驱何惧苦劳辛。
吟旌不倒关东立，永做冲锋陷阵人。

住院有感

过节归乡即卧床，奈何桥上几彷徨。
吊针旬日胡添药，查体多巡乱主张。
新病难除旧病起，旧愁未解新愁伤。
万元药费流如水，患者无需问细详。

北京第一场春雨

细似牛毛长若丝，从晨到晚用心滋。
桃花得讯绽新蕊，杨柳闻声展嫩姿。
湖水盈波鱼鳖乐，畎田横垅马牛嘻。
尘霾洗去令人爽，紫燕檐头唱杜诗。

秦岭

尾荡昆仑首向东，巨龙跃起傲苍穹。
背撑华夏千年脊，腹育炎黄万代雄。
函谷霞辉爷海月，白山雪映翠峰虹。
沧桑秦岭风姿展，绮梦今圆盛世隆。

母亲节有思

哇哇坠地得新生，全靠娘亲血孕成。
十月怀胎磨体苦，经年抚养痛心惊。
羔羊跪乳知回报，反哺乌鸦懂孝行。
求鲤卧冰蚊饱血，儿孙不可忘恩情。

党旗

南湖帆动浪淘沙，救世贤能绘彩霞。
星火燎原燃旧垒，金戈铁马创新家。
诗吟岁月律成锦，句对锤镰韵吐花。
盛世旗旌今猎猎，只缘碧血绽芳华。

三沙

故国江山万里涯，边疆最美是三沙。
珊瑚围岛嵌珠玉，翡翠掀波叠浪花。
自古礁田归禹甸，从来南海属中华。
谁人胆敢欺天意，定叫焚身喂小虾。

浅和郁犁致诗友

无病无灾少欲求，能温能饱可消愁。
崎岖峰岭崎岖过，澎湃江河澎湃流。
雨雪风霜除体垢，知山乐水解心忧。
屏前小酒敲平仄，油尽灯干醉始休。

贺南昌地铁开通

江西大美在洪城，始建汉邦名灌婴。
风雨几经书浪漫，沧桑历尽写峥嵘。
军旗义士楼头舞，铁轨蛟龙地下行。
盛世同心圆绮梦，滕王阁序赋新声。

贺拾贝童子生日并自嘲

懵懵懂懂鬓成霜，趔趔趄趄到夕阳。

雨雨风风人已老，花花草草景犹长。

平平淡淡三餐美，稳稳沉沉一觉香。

水水山山情不舍，平平仄仄酒流觞。

读周哲辉忆故乡三阕《沁园春》大作有寄

屏前览句叹沧桑，梦寄三春忆故乡。

虎水河边草历历，帽峰山下影幢幢。

老朋少友人何在，旧地新楼土尚香。

平仄旅途诗一首，倩谁妙手著华章。

读郁犁《老屋所见》和之

一诗读罢已心飞，饥饮蓝莓醉几回。

铜锁能封门共院，银丝多挂土和灰。

钩沉往事常寻梦，畅叙前程应举杯。

老屋缠绵成永忆，夕阳晚照倩谁陪？

韵和马凯先生《写在中华诗词学会第四次代表大会召开之际》

传来盛会报春迟，喜送东风第一枝。
十载骚坛鼙鼓响，九州韵海舰帆驰。
传承国粹翻新曲，圆梦中华赋好诗。
一代风流声浪起，敲平推仄正逢时。

贺北京申办 2022 年冬奥会成功

虹霓熠熠漫长天，炸响雷音喜讯传。
二度梅开梅朵艳，五洲友贺贺声阗。
北京牵手张家口，雅典扬眉太岳巅。
冬奥再圆中国梦，冰魂雪魄谱新篇。

北国诗社部分诗友冰城小聚有吟

版首巡洋欲远征，相邀韵友话衷情。
筹谋发展开方略，规划前程议仄平。
社火熊熊薪共助，吟旌猎猎手同擎。
欣逢盛世传佳讯，勇向高巅万里行。

思省

菩萨焉能度众生，观音送子几回成。
赵公关帝轻财运，罗汉阎王乱命争。
地狱无门黎庶去，天堂有路鬼神行。
红尘勘破当思省，莫为浮云蔽眼睛。

用雪莹韵送雪莹赴美国

万里云游应有涯，夕阳终照梓桑花。
七秋八夏霜和雪，四海三江国共家。
呵护亲人担责重，忠诚韵友寄情嘉。
举杯遥祝风帆顺，彼岸归来再品茶。

乙未立秋

今晨小雨过西楼，黄历翻开是立秋。
病患那堪年岁老，痴呆已忘别离愁。
感伤把酒思兄弟，尽孝焚香祭祖酋。
莫问黄泉归去路，漫吟平仄向桥头。

韵和张岳琦主席《北戴河休夏》

浪迹浮萍一影踪，梅开二度夕阳红。
三生石上前缘定，六道轮中后路穷。
七斗八争因灭虎，五韬四略为防虫。
九州百载青山秀，紫万红千耀碧空。

侄儿东涛新婚有贺

云高气爽孟秋天，王氏宗门喜讯传。
硕士出庠寻职就，男儿择女结姻缘。
良辰未晚应行孝，好景犹长赖并肩。
及早生孙慈母乐，花红更待月儿圆。

闻丁香黑水版主易人有感

调兵布阵巧心裁，黑水丁香易帅才。
雁换排头强韵旅，梅开塞北靓诗台。
轻舟载律流千里，斋主吟骚动九垓。
祈望龙江归一统，修文正史净尘埃。

会亲家

儿女姻缘一线牵，亲亲相会两缠绵。
婚房已买需装饰，家具新安应配全。
正娶明媒当设宴，挂金戴钻岂能蠲。
倾其所有心甘愿，天下爹妈太可怜。

秋游遇雪

飒飒金风吹叶黄，时逢双节赏秋光。
五花山上红枫烈，四季湖边野草香。
本是空晴阳暖照，瞬间云暗雪飞扬。
沁园春咏今应是，分外妖娆在北疆。

林则徐

封疆大吏几仁臣，谁若林公为国民。
宦海一生无己欲，清风两袖不沾尘。
强兵御寇惊环宇，警世销烟泣鬼神。
永矗丰碑昭日月，至今激励后来人。

贺福有先生考查喜得大定通宝古钱一枚

征驿寻查仔细斟，千年留迹到如今。

野鸡展翅惊通宝，玉米扬眉喜得金。

青史由来需证物，古城诠释赖奇琛。

养根一路多辛苦，又著诗文献赤心。

祝贺《心远集》付梓

笔耕不辍度流年，逸趣怡情著锦篇。

曲赋诗词神入韵，梅兰松竹梦成仙。

清风明月心行远，案牍繁星胸有泉。

浩卷一编呈盛世，古人回首赞今贤。

重九有吟

今又重阳争赏菊，落花满地伤心遽。

凌霜傲雪待何时，损翠消香终别去。

岁月悠悠梦永存，人生短短事难预。

且凭杯酒长精神，醉向黄泉何足虑。

韵和世瑜先生《生日自题》

花落花开各有期，谁人不喜少年时。
含苞吐蕊情如火，惹蝶招蜂梦若诗。
贵客红肥香浸远，残荷绿损藕盈池。
青春老去终无悔，化土成泥护嫩枝。

今生缘 五首

今生缘—山

一世因缘只有山，昆仑唐古贺兰巅。
太行风卷祁连雪，秦岭云邀横断烟。
大小兴安同饮酒，北南长白共寻泉。
至今五岳情难却，登顶何时绮梦圆。

今生缘—河

蹉跎岁月慢消磨，回首常思过大河。
汉水波连壶口月，丹江浪叠黑龙歌。
松花性冷游人少，扬子情温泳客多。
淌过溪流无尽数，至今尤忆那旋涡。

今生缘—烟酒

长年累月入山川，风雪阴晴在两肩。
为去身寒偏爱酒，当防虫咬更耽烟。
谁言难得几回醉，我道轻丢万贯钱。
告诫芸芸跟踵者，清除怪癖好安眠。

今生缘—诗词

年少不谙文笔事，老来方结字词缘。
兰亭傍友初登陆，韵海淘金始上船。
月下推敲询贾岛，案前雕琢问诗仙。
毛公绝代峰高耸，赏学勤耕喜乐阗。

今生缘—情

同窗初恋情方好，不懂风流未结缘。
邻客穿针连月线，家人摇桨上蓬船。
江湖浪迹沧桑路，故里勤耕瘠薄田。
风雨人生经历后，感恩应是老婵娟。

玉石观音像

凤凰山上筑莲台，天庆千年布善哉。

玉石琢磨成秀体，香烟蕴育结仙胎。

禅音隽永尘埃去，佛法清明福禄来。

盛世今逢甘露雨，朝阳处处菩提材。

习马会感吟

历史纷争若许年，而今沧海变桑田。

同根脉脉渊源系，共祖殷殷骨肉连。

一握擎天需巨手，三通逐浪赖灵船。

风云尽扫恩仇去，两岸齐心筑梦圆。

冰雪晶莹版于美捐赠《北国诗词》

嬴政凶残筑大坑，未能阻止国文兴。

诗词摩古源流注，曲赋翻新畅意倾。

过海传书功厚重，回乡弄玉品高清。

苍苍林莽枝桠壮，当赞青春不老茎。

纪念刘建封诞辰一百五十周年 六首

其一

一座丰碑刘建封，功垂青史万人恭。

天池遗韵三江水，长白留名十六峰。

爱国图强追逸圣，亲民施政响时钟。

东荒留得英魂在，后继群昆向远踪。

其二

执政安图贡献多，为民利国可堪歌。

垦荒筑路兴商贾，统带资源护野坡。

救世图存说道理，家园戏开鼓铜锣。

诚心创业抛肝胆，矢志追求建共和。

其三

同盟会里觅同人，早与中山结密亲。

义举武昌翻帝制，旗昭故里建朝新。

更名抒志大同勇，改字明怀主义真。

敢与清军争胜败，牡丹岭下展精神。

其四

长白巡查第一人，天池四上付艰辛。
人行草莽身开路，马坠冰河浪洗尘。
十六峰头亲测定，三江源尾自逡巡。
至今老树留言在，墨迹千秋泣鬼神。

其五

反袁称帝表初衷，革命因由为大同。
逮捕抄家坚若铁，坐牢引渡屹如嵩。
高官利诱难心动，文契抛扬见志雄。
子弹横飞头溢血，醒来犹唱共和风。

其六

诗词书法誉东荒，更有丹青锦绣章。
东汉武砖藏美玉，江岗志略放灵光。
不求荣辱一时得，但愿声名万古扬。
历史文园今始建，丰碑永记念刘郎。

长白山行吟 十四首

长白山历史文化园

东荒形胜建新门，遥望白山增自尊。
紫气烟霞鸣凤远，仙风道骨舞龙存。
千年浪迹留鸿爪，万众波形觅本根。
继往开来圆绮梦，以诗证史更雄浑。

雷击木

何日惊雷毁尔尊，涅槃浴火度晨昏。
残身挺立驱风雨，灵气超然护子孙。
长白山青存绮梦，神池水碧育精魂。
游人到此观奇景，感叹沧桑天地恩。

萨满部落

草密林深映碧天，原生萨满白山巅。
苇披尖角留茅舍，桦被平铺卧枕眠。
飞雪飘来情更迫，甘霖洒落志犹坚。
耕耘世代荒坡上，留驻淳风写续篇。

德林石群 二首

其一

女娲补天遗大荒，德林奇石现灵光。
天池水润嶙峋貌，长白云书锦绣章。
巨匠神工雕仔细，仙师鬼斧刻沧桑。
龙狮共体成遐想，一脉炎黄福禄长。

其二

地火喷浆冷陌阡，德林奇景属天然。
时听地下流波响，能见坑中绿叶妍。
石壁峥峥多孔眼，荒坡片片少耕田。
千姿百态嶙峋貌，可与昆明试比肩。

无题

百溪奔涌向沧溟，千岭峥嵘耸碧空。
四季风云来眼底，五湖涛浪荡心宫。
三生石上人皆叹，六道轮回路未通。
一抹霞辉残照里，几多鸦噪暮林中。

贺吉林省楹联家协会成立十周年

十年载誉送佳音，大泽东荒共此心。
墨客骚人欣叠韵，青松白桦蔚成林。
两行联对擎天柱，一曲歌吟绕岭岑。
雪孕东风筹远计，以诗证史再鸣琴。

泰安寺

月落长山一抹红，游人踏雪觐禅宫。
莲台祭拜观音像，神庙恭温圣祖功。
三柱香烟飘渺渺，几声暮鼓响通通。
寒冬自有虔诚客，千里寻真古寺中。

乘车向长白山出发

卯时集合向巅峰，难得东方透紫红。
冰雪温情迎远客，仙神会意现晴空。
临窗尽赏山林景，漫步盈怀部落风。
曲曲弯弯千道拐，有惊无险汽车通。

接塞上白衣子邀请参加《长白山诗会》短信有作

南海云游未得终，忽闻诗会请衰翁。
天池绮梦神思久，长白寻缘路见通。
福有诚邀情笃切，拾荒感谢意由衷。
银鹰铁骥连连转，不日应能到大东。

望长白山瀑布

龙门绝顶石门开，素练凌空落下来。
激浪侵吞河岸雪，温流抚育水中苔。
长廊栈道通幽径，紫雾岚烟壮絮才。
圣地传奇留远古，几多故事费疑猜。

登长白山览天池

魂牵梦绕几何年，览胜登巅了此缘。
地火凝浆悬石壁，冰川解冻聚龙泉。
天池源韵江流远，长白宗根泰岱连。
祭奠刘公开盛会，以诗证史续新篇。

地下森林

地下森林非地下，火山错落始成形。
奇观常见坑中树，美景应寻洞里屏。
陡峭断崖因木秀，幽深峡谷得花馨。
几声鸟叫遐思远，忽忆当年猎海青。

长白山温泉煮鸡蛋

栈道廊桥雪径游，小泉沸语吐温柔。
蒸腾暑气倾情注，饕餮饥肠诱眼眸。
十块银元兜里付，三枚熟蛋手中留。
寒天能得佳肴品，胜似甘醇入我喉。

南行归来

携妻寻梦到琼涯，一路风尘逸兴嘉。
西递村风呈古韵，黄山雪霁映新霞。
博鳌小镇楼摩宇，三亚龙湾浪涌沙。
北地南天景色美，同声共赞大中华。

答冰雪晶莹首版 三首

其一

已老廉颇也犯狂，偏寻诗酒问沧桑。
结缘北国情增烈，相会荧屏谊吐芳。
立志学文因鸟笨，有心弄韵却弦伤。
破舟漏水无多力，但愿追流不辍航。

其二

七载相交日月忙，浮云远去几沧桑。
学诗论赋文心悦，把盏推觥韵谊长。
慢道夕阳无限好，偶思晚景有时惶。
而今已是稀龄客，共济同舟只为航。

其三

人生苦短太匆忙，羁旅天涯忆梓桑。
回首曾经果太少，感怀前景路何长。
残年应有定心略，病体岂能惧惑惶。
奋力撑舟排巨浪，弘扬国粹向前航。

《丙申贺春》（步张福有先生韵）二首

其一

正是桃符更替时，红梅傲雪早春知。

东荒补韵歌新曲，长白开流颂好诗。

十二轮回惊一瞬，三千锦绣喜盈池。

弘扬国粹情无减，列阵群贤又誓师。

其二

乍暖晴空放纸鸢，江边解冻已潺潺。

园梅萼绿幽幽径，岸柳芽黄朗朗天。

莫问晨归几对雁，且听暮去一声鹃。

春风化雨融残雪，不日催耕闹陌阡。

贺《北国风》入驻中华诗词论坛

新元开启喜乔迁，北国风吹绿韵田。

旧友兰亭曾结谊，新朋网络又逢缘。

煤城掘玉金光闪，文苑移根景色鲜。

国粹弘扬齐并马，吟鞭指处舞岚烟。

步马年周末愉快韵

长空滚滚动风尘，当值金猴送早春。
冰雪群山消冷迹，波涛碧海鼓精神。
欣看结对回归雁，誓做登高早起人。
同举吟鞭酬北国，新元新曲唱时新。

乙未腊尾感赋

今日羊年已尽头，明晨新岁喜迎猴。
人生苦短驹飞隙，事业波折浪遏舟。
搔首悲秋秋季过，扬眉望月月光流。
诗朋韵友同相贺，一醉方休莫问由。

新年钟声

钟声响过已开新，爆竹烟花奏凯音。
羊去辉煌留硕果，猴来奋勇获珠琳。
神州更续英雄谱，禹甸当攀锦绣嵚。
圆梦中华谁可阻，奔腾万马正骎骎。

佛罗萨斯小镇

谁移小镇到天津，奥特莱斯创世新。
欧意风情随处是，炎黄传统此无循。
琳琅满目奇珍货，熙攘游仙抢购人。
金币多抛增喜庆，名牌穿戴好迎春。

游香山双清别墅

蒙蒙细雨雾岚中，再访双清拜泰嵩。
执杖艰难开步履，拾阶怡悦向云空。
泉湖草木寻陈迹，文物遗踪觅逝翁。
往日烽烟虽去远，无声炮火正熊熊。

人在路上

初七新年已过完，旅程千里挂心牵。
儿乘铁翼归乡梓，女驾私车向北旋。
妹妹打工回旅大，老夫寂寞守园田。
殷殷寄语凭微信，祈望明春月再圆。

微信聊天

微信联通四十年，音容笑貌忆从前。
生龙活虎男丁壮，腼腆羞涩女少妍。
涉水跋山曾苦累，退休离职未清闲。
苍颜白发天伦乐，护子看孙福寿添。

收到《心远集》感赋

猴年伊始物开新，诗友芸编报早春。
一卷珠玑心致远，几多靓照貌堪亲。
箴言赋得诗中趣，椽笔挥来墨里麟。
网上相知无识面，神交韵海见情真。

步和李旦初先生《八二初度》

屏览华章底蕴深，未谋尊面已知音。
历遭劫难铮铮骨，坚守骚风耿耿心。
岁月沧桑诗共酒，人生坦荡曲同吟。
欣逢寿日齐天乐，众友擎杯贺雨淋。

纪念中国共产党建党九十五周年

红船启航在南湖，风雨兼程九五途。
回首曾经惊浪险，扬眉前景舞旗殊。
先烈忠贞成大业，后贤矢志绘新图。
除蝇灭虎尊宗旨，信仰心中不可无。

迟贺冬人生日快乐

不知何日是良辰，但见屏前现福音。
黑水美眉开盛宴，丁香雅士举甘霖。
诗词共祝彭容寿，联对同歌松柏心。
千里京城遥相贺，三杯醇酒向君斟。

步福有先生韵贺《云笺集萃》诗集出版

长白骚风壮丙申，天池解冻又逢春。
云笺集粹华章美，椽笔精评丽句珍。
意象拈来情入梦，诗思律动韵传神。
新编付梓同堪贺，当赞东荒证史人。

清明

一年一度又清明，梦忆家山祭祖茔。
荒草初萌知暖意，野花绽蕊感春情。
尊慈哺育恩难报，子女伤悲孝未行。
岁月催人今已老，怆然泪雨向谁倾。

六九生日感怀

今逢诞日感何伤，指缝淹流岁月光。
有种王侯身盼久，寻常百姓命知疆。
古稀莫叹阳春短，新世当歌锦路长。
回首平生无憾事，亲恩未报愧萱堂。

步养根斋先生韵《恭王府海棠雅集即席续叶嘉莹先生锦句成律》

春风又到海棠时，错过花期悔去迟。
王府一游寻圣迹，戏楼三转觅仙诗。
明湖览胜和珅石，秘洞探幽御笔碑。
雅集无缘贤哲面，闻香听韵我心知。

游山遇雨

出游行进半山中，暑热蒸腾力遏胸。
倏尔云飞雷闷响，突忽雨落滴流浓。
层峦雾罩涂胭墨，叠翠风摇泣艳容。
天降甘霖神气爽，脚轻身健向高峰。

登金山岭长城 三首

其一

金山岭上览长城，索道悬车送我行。
执杖云阶思过往，扶墙穿碧忆峥嵘。
神龙巨蟒家曾固，威虎雄狮国可宁。
民族精魂应永续，中华圆梦赖今程。

其二

携妻伴女上长城，一路馨风送我行。
人到长城称好汉，我临墙下谓孬兵。
云天放眼心呈碧，峰岭凝神气自清。
慢道稀年求览胜，只缘未了水山情。

其三

断壁残垣万里长，崇山峻岭筑高墙。
浩繁博大人称最，耗力消财物尽伤。
洒泪天倾悲弱女，捐躯殒命痛强郎。
历朝酷帝皆如是，不可单单骂始皇。

游承德避暑山庄 三首

其一

无由避暑到山庄，探秘寻幽意趣长。
殿阁森严王者气，行宫绮丽帝之乡。
莺藏古木歌新世，蝶舞娇花荡郁香。
谁遣西湖移塞上，碑铭塔影记沧桑。

其二

熙攘人流拍照忙，导游杜撰话沧桑。
当朝皇帝山庄住，临幸嫔妃殿阁藏。
水榭亭台多秘事，寝宫庭院有文章。
老松古柳身犹在，难诉人间几兴亡。

其三

依山伴水卧龙祥，画意诗情共一堂。
烟雨横波江浙景，峰峦叠嶂泰华乡。
云霞出岫光三界，寺庙鸣钟祐八方。
避暑消闲佳去处，仙风神气自清凉。

古北水城

假日云游古北村，长城脚下景优珍。
缘山得势街衢远，因水成流舵橹频。
书院戏楼承古制，廊桥亭榭启新轮。
风情民俗珠联璧，塞上江南处处春。

说茶

云岭山中嫩叶芽，悄然飞入万民家。
清泉煮沸腾岚雾，玉盏冲开飘彩霞。
慢品一杯神奕奕，频尝三口美嘉嘉。
劝君不可贪烟酒，益寿延年要喝茶。

步韵祝贺养根斋老师《千载回眸》问世

谁人证史又刊书，洒洒洋洋兴正如。
挥纛领军看大雁，展篇压轴信鳇鱼。
白山踏迹疑难解，黑土寻踪蛊惑除。
引得诗家同颂咏，共襄盛事动心予。

京城会老同事

蓟门桥上喜相逢，小月河边话旧情。
岁月波流随浪去，青春烽火伴烟行。
飞驰黑水思佳趣，羁旅京华度晚晴。
莫问故人今剩几，一壶老酒慰生平。

题立新山庄

空灵恬淡净无尘，几盏红灯点绛唇。
远望峰峦翔翠鸟，近观湖浪跃银鳞。
临波亭榭桥横影，依岸栏杆塔入云。
难得诗朋同一会，山庄醉饮黑加伦。

闻雪莹首版从美国归来感而赋之

穿云破雾越重洋，别女离孙返故乡。
羁旅天涯情挂肚，蜗居乡梓梦牵肠。
云霓生灭时空短，童稚长成岁月长。
漂泊东西何惧苦，无私奉献是亲娘。

庆贺北国风基地揭牌诗社成立诗刊出版

北国诗词北国风，花开并蒂一根藤。
骚坛携手同趋步，韵海扬帆共展鹏。
结社联姻红胜火，出刊汇律美如绫。
吟朋喜贺揭牌日，国粹弘扬信可能。

致延寿骑行进京第一人温晓英

骑装裹体胜红裙，脚下飞旋风火轮。
太子挥绫能蹈海，晓英趋步可登辰。
怡情观赏千山景，尽兴巡回万水津。
励志人生无憾事，心中有梦永青春。

嵌字和郁犁《生日感赋》并贺生日快乐

延水流波鼓乐鸣，寿山悬壁鬼神惊。
郁传百卉馨香远，犁种千田美味精。
诗赋荧屏书雅志，词联网络绽豪情。
骄娇华诞人同贺，子在骚坛享盛名。

暴雨夹冰雹

骤来暴雨伴冰雹，雹落天伤几树桃。
桃逐泥流牵后浪，浪推枝叶漫前壕。
壕平决坝欺池藕，藕乱凌波毁绿袍。
袍破荷残尖角碎，碎花入水觅离骚。

外甥闫学良考研被大连海事大学录取有寄

大海茫茫事欲求，逐涛追浪驾扁舟。
潮升潮落随波去，云卷云舒任雨流。
岁月沧桑当自省，青春瑰丽看谁道。
布衣不可成纨绔，获取真知是上谋。

清晨遇雨

今晨何故又天阴，阴雨南来乱我心。
心系浩茫桑梓梦，梦牵缱绻郁芳侵。
侵香难得香中醉，醉酒当因酒里吟。
吟罢扶栏抬望眼，眼前电火震雷音。

拾童贝子七十寿诞贺

华诞稀龄何欲之，人生风雨酿成诗。
三千桃李成蹊早，万首华笺问世迟。
贤者能歌应寿永，师尊行善赖情痴。
余晖夕照心怀远，旖旎红霞正此时。

贺延寿诗联协会成立十周年

高举吟旌越十年，波风浪雨共行船。
寿山永记盟鸥日，蜒水长流韵海泉。
勤奋郁犁耕耒细，辛劳社友获收全。
诗心不老春常在，圆梦中华续锦篇。

北国诗社东风饭店雅聚有题

诗朋雅聚乐何狂，探路前行正社纲。

不忘初衷思愿景，永保斗志写华章。

家规国法须遵守，韵律仄平应细量。

曲水流觞扬国粹，文心相悦寿无疆。

初中同学王立伟从广州归乡有题

粤海生涯五十秋，沧桑阅尽竟风流。

寻根祭祖行孝道，归里尊师聚校俦。

金水清纯情可见，帽峰伟岸谊方遒。

莫因白发增惆怅，二度春风更绿州。

看电视剧《海棠依旧》

西花厅畔海棠红，碧草鲜花意正浓。

彻夜灯光留倦影，满天星斗映慈容。

涛狂难毁中流柱，风劲方知岭上松。

将相古今谁可比，人心永驻最高峰。

荷文字游戏

菏水荷田荷路开，荷塘荷坝藕荷栽。
荷花荷叶荷添锦，荷月荷风荷送财。
荷浪荷波荷潋滟，荷衣荷袂舞荷台。
荷诗荷赋吟荷曲，荷宴荷香荷醉哉。

和霍庆来先生咏茉莉花

无需理鬓不梳妆，丽质天生暗送香。
眉黛含烟春暖暖，唇红滚露夏凉凉。
千般爱恋花间赋，万种风骚韵里藏。
多少痴情男共女，相逢月下醉倾觞。

漠河行吟 五首

北极村

夏日寻凉北极村，天然生态悦心身。
长空朗朗晴如玉，沃野茫茫翠若鳞。
围苑相亲追小鹿，林园得趣采山珍。
界碑轻抚幽思远，还我江东六四屯。

江岸界碑

界碑本在龙江左，何故南移右岸栽。
黑水呜呜鸣旧恨，兴安愤愤诉新灾。
举兵侵略沙俄罪，割地赔偿清帝哀。
百万土疆从此逝，移民洒泪盼归来。

龙江第一湾

栈道悬崖用力攀，巅头观赏美江山。
巍巍峭壁岩拦阻，滚滚洪波水绕环。
鬼斧凿成银戒指，神功筑就金沙湾。
风光绮丽神奇地，到此游人绽笑颜。

江边感吟

遥望江天若有思，沧桑岁月世人知。
内河原本长流远，界水何由断藕丝。
布楚协商疆到海，瑷珲签约国分离。
而今尚有倭狼觎，不可轻飘免战旗。

消夏胜地

晴空万里少云烟，生态自然草木鲜。
林海明眸醒耳脑，氧吧润肺净心田。
一江碧水银鳞闹，两岸青山翠鸟旋。
消夏清凉寻胜地，漠河找北最情牵。

纪念舒群诞辰一百零三周年

出生塞北小乡村，国破家贫寄此身。
稚幼图强学恨少，青春励志理求真。
铁肩道义惊天地，妙手文章泣鬼神。
牢记初心终不悔，几经厄运更昆仑。

《幸福的田园生活》相册观后有寄

褪去医衫返璞真，同窗相聚乐堪亲。
小园拾得童年趣，大道前行彭祖神。
昨日沧桑成记忆，今朝潇洒足应珍。
一筐蔬果原生绿，酒煮情缘不老春。

教师礼赞

三尺讲台何壮哉，春晖送暖李桃开。
殷殷大爱酬乡梓，耿耿丹心育稚孩。
备课五更人起早，教书三夏汗浇垓。
劬劳苦累终无悔，只为中华铸栋材。

拙和张福有先生《江密峰梨园考察记》

文明自古耀东方，韵浪骚波涌大江。
长白峰头云作伴，梨园树下影成双。
坡藏手斧逢佳客，地现残陶暖冷窗。
证史由来诗助力，呕心沥血振家邦。

拙和张福有先生《提龙潭双瑞太空种子蔬菜》

神州携籽逛蟾宫，科技翻新意趣隆。
双瑞苗欣蔬碧绿，龙潭禾壮果殷红。
丰收物赞应时雨，富裕人歌顺势风。
一卡联通天与地，欢迎仙圣访关东。

拙和张福有先生《诗意长白浅说》补韵

椽笔苍苍又赋秋，东荒补韵志无休。
浅谈非浅精深透，流派成流平仄游。
考古探幽添喜乐，淘诗泼墨减烦愁。
夕阳晚照霞光里，白发青丝共远谋。

菊花一盏为谁斟辘轳体步和郁犁先生 五首

其一

菊花一盏为谁斟，落叶飘零秋已深。
雨雪风霜天地客，亲朋邻友故乡音。
时空恒远无边域，岁月轮回有迹寻。
短暂人生知己少，情来缘去尽消沉。

其二

引领风骚奏好音，菊花一盏为谁斟。
霜风已送多回雨，云雾新添几处阴。
山岭斑斓呈秀色，川原饱满聚黄金。
开镰一派丰收景，喜在眉梢乐在心。

其三

时间分秒去难寻，一寸光阴一寸金。
老酒三杯凭尔醉，菊花一盏为谁斟。
花甲无知晨夕短，古稀方觉鬼神临。
奈何桥畔回眸望，坦荡前行未愧心。

其四

缕缕丝丝莫较真，糊涂难得菩提心。
三千弱水需瓢饮，十万大山待足擒。
烈马百匹凭尔驭，菊花一盏为谁斟。
好风借得回天力，枯木逢春唱古今。

其五

粗茶淡饭养人身，书画琴棋悦己心。
遇雪当歌松竹曲，逢秋便奏鹤梅音。
虬龙腾雾思辽阔，驽马伏槽望远深。
老友少朋还剩几，菊花一盏为谁斟。

转轱辘一抹枫红满目秋 五首

其一

一抹枫红满目秋，几人梦绿意难收。
馨香未得花先去，炎热刚临暑即休。
雨落连绵凉脚底，霜生陆续冷心头。
孤床辗转不成寐，思绪翩翩向远游。

其二

长天万里白云悠，一抹枫红满目秋。
山色斑斓藏翠鸟，湖光潋滟荡轻舟。
残荷褪绿蓬高举，老树枯黄叶远游。
最是苍松无倦意，迎风斗雨志方遒。

其三

举步蹒跚旷野游，良田万亩待回收。
几番体累三春夏，一抹枫红满目秋。
豆谷丰登归廪库，黎民富庶醉心头。
清廉官府除蝇虎，圆梦中华定可求。

其四

闲来无事甩长钩，白发苍苍志已休。
梦蝶庄生猜物我，迷途孔子问车舟。
三餐日落倾杯酒，一抹枫红满目秋。
佳节重阳今又是，登高何处觅同俦。

其五

地狱天堂任去留，人生苦短命难求。
青春有梦风吹柳，岁月无痕水送舟。
月下杯空星做伴，窗前影乱树添愁。
篱边菊蕊迎霜放，一抹枫红满目秋。

毛主席逝世四十周年祭

江山红遍靠谁守，四十年前为国忧。
牢记初心承夙愿，践行宗旨固金瓯。
锤镰高举除蝇虎，橹舵精操渡浪舟。
先烈回眸应笑慰，中华复兴正方遒。

初访有寄

顽童引领到家中，初次相逢孔氏翁。
任怨任劳真里手，不烟不酒好家风。
交谈有度言辞雅，举止端庄仪态丰。
执子相谐应是福，夕阳晚照暖融融。

无题 二首

其一

个人做饭个人吃，好坏三餐未可迟。
烧饼馒头粥满碗，黄瓜豆角酒盈卮。
无需挑剔咸和淡，何必区分块与丝。
填饱肚皮归大统，昏昏一梦任由之。

其二

夕照无情逐落霞，隔窗老树觅昏鸦。
凉风起处身萧瑟，冷雨来时心结痂。
晨起遛弯疼脚拐，晚间睡觉痛肢麻。
百无聊赖床头坐，电视机前看雪花。

祝贺天宫二号空间试验室发射成功

中秋志在向遥空，一箭腾飞盖世雄。
玉兔敞怀迎贵客，姮娥举酒献情衷。
追星漫步探天宇，圆梦巡游逛月宫。
佳节团圆添喜讯，万人屏幕赞飞虹。

地勘老友群雅聚有吟

同是攀山越岭人，金秋雅聚倍相亲。
兴安探宝长堪忆，黑水淘金足可珍。
奉献青春为祖国，消磨岁月愧天伦。
而今老矣闲思趣，平仄推敲乐此身。

文字游戏

秋霜秋雨透秋凉，韵友韵朋访韵乡。
寿字寿图开寿卷，云舒云卷看云翔。
山前山后观山景，水浅水深戏水塘。
土炒土炖乡土菜，家风家酿品家香。

借句满城风雨近重阳轱辘体 五首

其一

满城风雨近重阳，寒露初临天气凉。
旷野斑斓松剩绿，庭园锦簇菊呈黄。
韶华逝去何堪忆，杖国年来已尽伤。
且效廉颇能饭否，三餐无酒韵成浆。

其二

秋露秋霜天气凉，满城风雨近重阳。
拾荒晨起寻山畔，淘韵昏归落键旁。
微信常聊诗绮丽，荧屏默诵曲悠扬。
仄平吟到怡情处，满腹甜香胜蜜糖。

其三

莫言寒露已生凉，十月回春暖意长。
一地黄花开正旺，满城风雨近重阳。
登高长忆兄和弟，把酒无忘爹与娘。
百善先行尊孝道，归家敬老理应当。

其四

都到秋来好个凉，倾杯美酒热中肠。

翻箱倒柜寻棉絮，走线飞针织锦囊。

群雁嘤鸣寻暖地，满城风雨近重阳。

诗情何惧寒霜冷，冰雪长吟向大荒。

其五

一年一度又秋凉，天地无情岁月忙。

来路蹉跎谁记忆，前程坎坷我忧伤。

枫摇坡岭杂花色，霞蔚云空霓彩光。

老柳湖边迎夕照，满城风雨近重阳。

贺市诗词楹联协会第三次会员代表大会召开

排头换雁暖秋凉，荟萃群英写锦章。

永记初心承夙愿，躬行宗旨续新航。

回眸硕果思良友，展望蓝图拓律疆。

国粹弘扬同努力，诗联曲赋共芬芳。

贺李雪莹诗集《冰雪晶莹》获奖

提名获奖入华林，喜煞亲朋与故人。

敲键晨昏无悔意，攀山冬夏有精神。

一腔热血还诗债，满腹经纶渡韵津。

冰雪晶莹前路远，天鹅展翅又逢春。

惜时 二首

其一

秒秒分分去有声，弯弯曲曲向前行。

风风雨雨天神泣，雪雪霜霜地鬼惊。

浪浪涛涛何所惧，花花草草自含情。

长长短短人生路，白白清清走一程。

其二

星星月月三更梦，岁岁年年四季风。

坎坎沟沟䂾壿妪，稀稀落落白头翁。

忙忙碌碌青春老，苦苦辛辛体魄穷。

点点温温余热在，殷殷款款寄飞鸿。

贺海东青诗社成立二周年

推平敲仄动三江，玉振金声火石光。
破浪淘金舟共济，开山探宝路同襄。
海东青志苍天远，卧虎泉情碧水长。
两载飞腾终化蝶，翩翩起舞韵旗扬。

迟贺志龙兄八秩华诞

微信传音贺寿迟，龙兄盛诞惹情思。
举杯敬饮三盅酒，提笔恭吟几句诗。
八秩烟云星月度，一生峰岭雨风驰。
南山松柏身犹健，茶岁英姿信可期。

题赏雨茅屋

修竹幽幽隐草庐，闲亭脚下水流湖。
清晨细雨驱岚雾，傍晚云霞绘锦图。
五柳锄耕诗咏志，子陵垂钓酒盈壶。
邀朋聚友倾心醉，敢问神仙是我乎！

学习重要讲话感怀（步张福有韵）

雷音盛会布精论，化雨春风润族魂。
国粹弘扬除旧弊，文风整顿启新痕。
践行宗旨知情意，不忘初心懂感恩。
愿为中华圆绮梦，思源饮水养其根。

三峡湿地

故道黄河浊水清，平湖湿地草花荣。
天鹅寻觅休栖处，三峡形成逸趣营。
繁衍文明承古训，谐和礼乐续新征。
自然景观原生态，物我同生绮梦行。

高铁

呼啸声声箭脱弓，长龙远去快如风。
逢山穿洞驰雷电，遇水悬桥挂彩虹。
跨峡连心琼海岛，进疆牵手和亲宫。
丝绸之路铺双轨，天下云游处处通。

读《岳阳楼记》

万人游览到斯楼，谁比文公最上流。
眼望烟云巴楚地，心怀沧浪洞湖秋。
忧民忧国忧天下，为政为官为九州。
一记名篇传美誉，高风亮节古今讴。

雪莹社长生日有寄

不知何日是芳辰，但见荧屏贺意深。
异域鲜花飞雪送，家乡醇酒越洋斟。
天伦有乐天增寿，韵海无涯韵永吟。
敢与彭容相比美，青春不老少年心。

看老同学海口捉鱼视频有寄

冬至冰城雪满天，如春琼岛草花妍。
岸边捕捉因鱼乐，水里徘徊是饵鲜。
豆酱煎锅添美菜，金杯流酿胜甘泉。
鸡来猴去新年到，遥祝身康万事圆。

戏答铁钧问

两队分家到玉泉，测图打线战荒巅。
陈厅组阁居工会，有德牵头共一船。
事业未成先免职，情缘了断早归田。
浑浑噩噩青春老，一觉休眠二十年。

元旦有作

猴去鸡来又一年，纷飞瑞雪舞尧天。
掌中岁月江流水，杯里乾坤雾荡烟。
松柏无心夸傲骨，梅兰有意写雄篇。
新元当寄新希望，老马离槽不用鞭。

欢庆元旦

微信敲开看锦篇，红红火火过新年。
群山起舞旌旗展，碧海扬波彩浪翻。
南粤熏风花万树，北疆冻雨雪千川。
东君已送春消息，只待闻鸡策马鞭。

立春

金鸡送福喜盈门，习俗风情自有根。
美德千秋经著史，文明一脉子传孙。
新文复始开新路，旧岁回归去旧痕。
瑞雪还来梅恨晚，春潮弄韵动乾坤。

七十初度 三首

其一

人生七十古来稀，今日逢辰我足之。
竟业倾心无愧怍，齐家尽力有参差。
端庄儿女勤行孝，玩酷童孙爱弄姿。
老伴唠叨生怪趣，闲情对酒可吟诗。

其二

回首流年感慨深，不知不觉古稀临。
茶能醉客非因酒，曲可惊人却赖琴。
岁月匆匆多苦累，青春碌碌几浮沉。
而今已作黄昏颂，一缕霞云慰老心。

其三

月近黄昏足可亲，霓辉霞映路遥伸。
春山绮丽千般影，绿水澄明万里津。
虽有云游登顶意，却无杖拐览观身。
桃源美景神仙地，不属悬龄病弱人。

感恩诗群

微信开通韵律明，莺歌燕语唱呜嘤。
晨昏分秒争登陆，天地乾坤任纵横。
携领出题群主力，临屏答卷友朋诚。
诗花绽放文心悦，耄耋知恩度晚晴。

恭步马凯副总理韵贺《中华辞赋》创刊三周年

华诞欣逢贺未迟，期刊载誉果盈枝。
长空霓彩观霞舞，大地龙腾赞马驰。
猴岁已歌登月赋，鸡年再写摘星辞。
冰消雪化红梅绽，正是春风惬意时。

丁酉年寄语致敬福有先生（恭步福有先生韵）

卯年网猎过关东，有幸逢吟贺岁同。
长白源流连地气，大荒文脉展天功。
轮回学步我参半，日月滋根汝耀空。
耆老闻鸡当起舞，余辉晚照助春风。

喜迎春节

人心不老古风纯，喜迓东君除垢尘。
联对贴门增景胜，红灯挂院入时新。
拢盘聚碗团圆饭，招婿接孙血脉亲。
只待凌晨鸡报晓，龙腾虎跃抖精神。

除夕

家家户户过新年，喜喜欢欢贴贺联。
仔仔囡囡鞭炮放，翁翁妪妪酒杯传。
恭恭敬敬迎财爷，乐乐呵呵赋锦篇。
喔喔咯咯鸡叫早，山山水水福盈阗。

《延寿诗联》二百期致贺

寿山延水起苍黄，微信期刊靓雅堂。
追溯汉唐元宋韵，弘扬风雪竹梅章。
牵头翘楚身肩重，携手同人笔墨狂。
又是金鸡啼早起，诗词曲赋动山乡。

春风

轮值金鸡报晓来，春神漫步下瑶台。
雪冰消退梅苞展，刀剪轻挥柳叶裁。
煦煦和风吹水皱，殷殷细雨荡尘埃。
忽如一夜山乡绿，无处桃花不盛开。

步杜鹃韵祝生日快乐

袅娜春风杨柳堤，消融冰雪岸高低。
良辰才女鹃花放，佳节衰翁贺语题。
韵结诗词多绮梦，情通曲赋少痴迷。
初心未改仄平路，当赞啼晨报晓鸡。

三亚老同学聚会题照

同窗三亚共擎杯，双翼无寻恨不飞。
往事如烟难忘却，青春若影忆回归。
莫因弱体窝家室，应有春心上翠微。
盛世欣逢人未老，夕阳晚照看霞晖。

拙步蓝色梦中雨《丽人节献礼》

欣逢佳节丽人欢，努敏河边紫气蟠。
雪里传情情若火，雨中寻梦梦如兰。
迎春锣鼓敲新绿，盛世诗词绘彩丹。
百朵花开争艳处，绥棱凤舞地天宽。

尺子

尺无定制　因人而论长短

道有国标　遇事则见高低

寸短分长各有章，沧桑岁月几彷徨。
忠贞难伴先王侧，奸佞常随后主旁。
买履求绳真死板，刻舟求剑太荒唐。
心中永驻量天尺，明镜高悬道德堂。

三八节寄怀

丽人三月乐陶然，杨柳回春荡紫烟。
辞赋千秋歌烈女，丹青万卷颂贤娟。
杯中山水霓霞舞，梦里风云雨雪穿。
社会文明繁衍远，功劳永属半边天。

王昭君

入宫难得皇恩宠，貌美何因画匠蒙。
仗义联姻亲朔漠，悲情去国断飞鸿。
平沙落雁千年颂，青冢黄昏一世功。
终化干戈为玉帛，无人不赞女豪雄。

春分

今日逢春景色分，阴阳各半冷温匀。
长堤柳绿明心目，幽径花红爽气神。
有酒氤氲当快饮，无诗酝酿慢求真。
约朋三俩湖亭坐，共话残阳思故人。

送老妻赴京（新韵）

春寒料峭与君别，铁轨长车声奏咽。
独向京都何渺渺，孤居乡梓亦缺缺。
一心儿女应劳顿，两地厨烟未可绝。
已到稀龄影对月，欣然度日莫求歇。

观老同学游海南五指山相册有寄

五指山应在蜜蜂，芝兰幽谷绽芳容。
逆风荡去欺茸草，淫雪袭来毁嫩松。
绮梦青春人已老，牵情岁月影难逢。
琼崖潇洒英姿展，晚照霞辉逸趣浓。

步李文朝将军韵贺中华诗词学会成立三十周年

莺歌燕舞靓神州，国粹传承三十秋。
默默耕耘开域广，殷殷励志赋诗稠。
唐风吹雨花千树，宋雨迎风韵满楼。
协会领航贤哲勇，初心不忘写从头。

步养根斋韵贺吉林省诗词学会成立三十周年

文起关东三十年，源流成派喜空前。

白山着意松涛舞，鸭水倾情韵律传。

因史求诗留巨著，以诗证史续佳笺。

骚坛盛世开新页，圆梦中华赖众贤。

贺富锦诗词楹联协会成立二十七周年

物华天宝富三江，国粹传承韵律扬。

二十七年风雨路，三千椽笔仄平章。

文情浪卷龙江水，诗意犁耕北大荒。

有幸骚坛逢盛世，吟旌高举奔康庄。

答邵华《贺王金吟友七十寿》

人生乖巧有奇缘，水绕山环平仄连。

共事晨昏图报业，同窗寒暑戏骚篇。

丹江叠浪淘诗句，北国开犁种韵田。

有乐悬龄人不老，风流潇洒度余年。

崖头杜鹃花

时逢三月杏花天，漫步林泉赏杜鹃。
簇簇燃情红若火，枝枝寻梦灿如仙。
崖头倔强英姿展，沟谷氤氲馥气传。
蜂蝶招来山外客，人神同醉自陶然。

贺诗者联盟成立一周年

燎原烈火喜初燃，悟道寻禅既是仙。
诗者联盟歌盛世，刊之集萃写流年。
竹兰松柏红梅赞，宋雨唐风元曲传。
千六典章修正果，平平仄仄梦能圆。

谷雨

清明已过草生萌，万物还阳自向荣。
布谷时闻歌劲唱，园田切望动锄耕。
山城美塑风光丽，北国骚坛韵味萦。
入夜春神传一令，霏霏春雨润天明。

丁酉海棠雅集敬赠叶嘉莹先生（步养根斋韵）

欣逢雅集入津门，叶落花开自有痕。

馥郁芬芳京府美，情操靓丽海河尊。

萦怀社稷吟歌赋，挚爱田园敬感恩。

国粹弘扬传续远，嘉莹风韵永留存。

协商新报"同馨画廊"礼赞（步养根斋韵）

杏花飞舞李桃馨，报载骚风喜满庭。

岗子开基思久远，东荒创业梦曾经。

砂陶成韵沧桑史，手斧敲诗世纪铃。

谷雨鹃声催急种，白山挥笔绣银屏。

纪念南昌秋收起义暨建军九十周年

起义南昌首立功，秋收暴动展雄风。

三湾改制群心固，两路联姻赤帜忠。

围剿三番悲惨烈，长征万里喜遥通。

良辰九秩当铭记，建党兴军赖泽东。

山间小屋

醉卧幽林听鸟鸣，山花烂漫蝶蜂迎。

茅棚一座驱风雨，畎亩三分待耒耕。

宴客流泉清脑酒，酬人野菜补心羹。

桃源胜地今安在，且向自然深处行。

步立君生日感怀韵

莫道中年天已半，古稀尚恋花枝灿。

文心不老秒分争，韵梦长存歌赋练。

潇洒长湖慢荡舟，风骚寿岭先镶钻。

一枝彩笔握掌中，涂抹丹青君最艳。

咏都匀毛尖茶

高山云雾孕奇葩，雨后明前采两芽。

妙制精工多道序，神沏美韵满清嘉。

香传十里闻香醉，味品千家得味夸。

堪比茅台欺万国，毛公大笔定名茶。

立夏

立夏来临百卉妍，春归何处恋情牵。

远山碧绿丹青染，近水清流笔墨镌。

茸草殷殷思润雨，禾苗盼盼望晴天。

东君已令龙掀海，不日甘霖洒畎田。

咏小池镇

古驿荒村见彩虹，鸡鸣盛世助年丰。

一桥连岸缘同结，三省通衢业共隆。

深圳移来南国雨，小池荡起楚天风。

浔阳口岸雄风震，立马长江直向东。

石岐龙舟赛

长堤柳岸彩幡栽，端午岐江搭赛台。

令出旗扬催进也，锣鸣鼓震壮行哉。

臂挥桨橹千人动，剑插波涛一镜开。

夺冠群雄披锦绶，龙舟晚宴敬英才。

咏白帝城

白帝庙中无白帝，托孤汉蜀远闻名。
城临峡口夔门险，浪击帆头厉鬼惊。
景色雄奇诗万卷，人文厚重迹千庚。
适逢盛世风流展，振翅鲲鹏续远征。

国产航母下水感吟

天舟奔月探蟾堂，航母临波镇大洋。
唤雨呼风谁掌控，安疆守土我当强。
睡狮怒目欺时日，倭贼残蛾待火光。
亮剑声威天下靖，和平旗帜永高扬。

通沟八景 八首

通沟书院

寻经觅道问河图，五典三坟几册书。
凿壁偷光襄映雪，涂沙挂角韵耕锄。
文墙镌刻前时貌，遗迹存留旧邑墟。
贤哲开言明史鉴，醍醐浇醒梦中予。

年喜花都

腊月寒天去采花，别离崖壁到乡家。
栖身水桶留温暖，含韵春风寄远槎。
除夕枝枝开萼蕊，初元朵朵醉流沙。
非遗申报创佳节，又现东荒一缕霞。

沙津树壁

千枝万干固山河，岗子寻踪故事多。
树壁威严如铁壁，残疴畏怯若无疴。
读经阅史风云激，忆旧观新剑斧磨。
遗址当年今有证，文明华夏起新歌。

祈福河灯

烟花礼炮暖心冰，岗子寻根自有凭。
祈福声声传柳岸，迎神盏盏闹河灯。
新元遇雪山川美，盛世逢春事业兴。
诗阵喜吟长白颂，天梯步步向崚嶒。

石湖故邑

故国山城曰石湖，围屏叠嶂紧相呼。
南连峰岭奇观美，西扼沙河险道殊。
遗石观光能正史，灰陶研发不言孤。
源头渤海流今世，此处蒿莱是旧都。

驿路雄风

边关烽火壮兜鍪，铁马金戈向远陬。
古道悠悠芳草绿，旅途寞寞白云游。
明修绝壁陈仓路，暗度泥丸碧水沟。
岭上松涛留驿站，信传万里计良谋。

东牟霞艳

天缘初露彩虹奇，晓日浮升景色宜。
碇子凌空辉晚照，松涛入画靓晨曦。
山间岚雾何飘远，河谷波涛永不疲。
考古东牟留绮韵，以诗证史勿需疑。

砬豁藏珍

叼走顽童问老鹰，崖头风雨几时停。
豆壶酒满千年趣，陶片霞辉万古阡。
拓展湖城研旧址，探求岗子获新型。
天池不竭源头永，长白风流韵梦婷。

恩光普照

善结天元布道场，圆虹绮丽护朝阳。
采风劲旅成流派，考古轻骑伴月光。
岗子新型千载梦，通沟古韵百花香。
敖东得卷人文补，布道施恩福寿长。

迎客松

铁干虬枝傲世雄，立根石隙有真功。
霜风雪雨经年顾，雾海云涛逐日融。
招手迎宾天谊厚，扬眉送客地缘通。
九州神韵黄山聚，画意诗情在梦中。

咏八里城

八里城垣胜地游，完颜基肇炳千秋。
似听宗弼挥戈戟，却见金玲戏族酋。
仙洞乞灵民俗愿，庙台祭祖国风求。
沧桑岁月追思远，常忆枭雄闹九州。

题荒庐书斋

杜甫当年有草堂，而今拥挤是楼房。
一张卧榻铺东角，两柜闲书立北墙。
电脑屏开观世界，便笺笔动写诗行。
推敲平仄吟成句，点亮心灯入梦乡。

同学会感赋 二首

其一

沧海桑田五十年，月儿虽缺总能圆。
同窗动乱风云幻，异地艰辛雪雨牵。
前度离分缘已结，此回相聚酒难蠲。
莫因白发添惆怅，晚照霞辉不老泉。

其二

浪迹天涯忆旧游，回归桑梓会同俦。

缘情已共河山老，绮梦常随岁月流。

莫叹黄昏悲落日，只怜白发喜离头。

稀龄有幸三相聚，无憾人生度晚秋。

初夏风雨

昨晚雨风连夜吼，今晨霾雾漫天穹。

春归处处伤啼鸟，夏至人人悼落红。

大道轮回岂可变，小人命运不由衷。

苍颜白发无需叹，死去方知万事空。

母亲

风风雨雨度秋春，苦苦辛辛碌碌身。

孕孕丁丁临难日，呱呱落落乐欢人。

缝缝补补牵牵手，碰碰磕磕皱皱颦。

缕缕心心缘母爱，恩恩谢谢是慈亲。

小园丁香

小园几簇老丁香，紫色花儿正吐芳。
淫雨霏霏昂首立，狂风阵阵劲枝苍。
工蜂卧蕊思甜蜜，蛱蝶闻馨舞彩裳。
树下童颜欺白发，棋开得胜欲称王。

自怀

稀龄已过奈吾何，岁月蹉跎任老磨。
拟古屏前吟古句，翻新微信唱新歌。
粗茶淡饭填身饱，浊酒清醪治病疴。
地狱天堂潇洒去，嫣然一笑对阎罗。

芒种 二首

其一

芒麦生成五月缘，适时刀割庶民牵。
橙黄一片丰收景，碧绿几畦高产田。
初插秧苗天赐水，续耕垄亩地升烟。
辛劳铺就康庄路，万众同心绮梦圆。

其二

三春不赶一秋忙，夏种夏收不可荒。
早麦丰盈黎庶乐，晚秧茁壮陌阡香。
清廉治国江山永，勤俭持家事业长。
期盼流年风雨顺，月圆花好向康庄。

写给老伴

旷世姻缘把手牵，持家度日半边天。
三餐风雨同饥饱，一梦霓虹共枕眠。
敬老感恩行孝顺，育儿尽力受熬煎。
而今白发西阳照，无憾人生到百年。

纪念人民解放军建军九十周年

惊梦南昌第一枪，沉沉夜幕现曦光。
城头喋血思堪训，山里鏖兵建武装。
不忘初心攻敌垒，常铭宗旨救民伤。
身经百战终成铁，亮剑神威固国疆。

丁酉端午

万水千山粽是情，由今溯古意难平。
离骚岂止倾哀怨，天问当知报国情。
艾草传香神鬼惧，龙舟竞渡彩旗萦。
年年端午民心祭，屈子应闻曲赋声。

五四寄语

每临五四问精神，涤荡魂灵醒自身。
鞭挞贼顽情尚烈，追寻德赛理犹真。
百年血火求生路，几代青春探梦人。
盛世今逢天正好，强军治国富斯民。

赠唐维礼先生

久仰尊名慕哲贤，稀龄相识是前缘。
欣逢端午初牵手，喜会吟坛早并肩。
白发方兴淘韵志，童心未减种诗田。
夕阳虽晚青山照，片片霞云赋锦篇。

七一感怀

每逢庆诞不成眠，眼望红旗忆哲贤。
风雨袭船谋建党，云霞破雾誓更天。
驱倭去匪初心记，拒腐反贪宗旨牵。
继续长征行万里，中华绮梦定能圆。

初夏游植物园

植物园中草木多，花红树绿水扬波。
自然生态游人乐，美塑奇观翠鸟歌。
菽谷逢时苗健壮，芳枝入夏影婆娑。
香消素客初成籽，遗憾莲池少碧荷。

郊游童趣

天真雀跃乐无邪，击水攀山上树丫。
倒挂金钩欺柳叶，直伸秀掌赞槐花。
俊男支起黄瓜架，靓女堆成宝贝家。
六月阳光多灿烂，歌声永伴好年华。

读张福有先生《长白山赋》有感

一赋雷音唱大东，甘醇三品味无穷。
神峰长白诗情往，圣水天池韵笔躬。
遗迹寻幽明证史，奇观探秘壮吟风。
山人苦乐芸编著，流派今成绮梦同。

依韵贺《张福有诗词选》续辑付梓

芸编付梓靓清词，几度春风梦有思。
十五流年吟赋早，两千丽句成书迟。
天池圣水滋生我，长白山神护佑谁。
国粹传承流派远，圆虹耀日正佳期。

三花聚冰城（两莹一娟）

北国鹃花会雪莹，有缘梅子也加盟。
新朋初识情深重，老友相逢喜满盈。
冒雨乘车寻故地，临风把酒话心声。
敲平推仄同牵手，韵海淘金度晚晴。

夏至

夏至逢时白昼长，如轮似火看骄阳。
几多梅雨禾苗绿，一阵馨风枸杞黄。
热浪袭人难入梦，晚晴摇扇易生凉。
莫耽杯酒兰亭醉，且把诗情寄远方。

小暑

碧树藏蝉寂寞声，清波隐鲤浅深行。
暖风阵阵沉沉梦，爽雨丝丝缕缕情。
旷野禾苗神奕奕，庭园花草彩英英。
初心不忘同牵手，暑热秋凉向远征。

大暑

暑气蒸腾热浪翻，不知惬意在何边。
闲亭树下萎兰草，绿水池中困睡莲。
借得芭蕉驱烈焰，引来甘露润枯田。
游人尽享清凉地，老洞寻冰伴石眠。

三湘水患感吟

雷公施虐毁三湘，暴雨倾盆水患狂。
人为鱼虾音渺渺，家成沼泽意惶惶。
应怜黎庶无悲泣，当赞官兵有义肠。
众志同心传大爱，抗灾抢险建家乡。

立秋

飒飒西风荡小窗，几丝爽快透心房。
塘荷籽结蓬高举，苑菊花开蕊吐黄。
沃野苗禾应孕穗，坡田瓜果已流香。
枫红只待霜临日，一派丰收写满仓。

贺张秀娟《北国杜鹃》诗集付梓

姹紫嫣红美杜鹃，花开北国壮流年。
岩头独展英姿气，崖畔群争傲雪天。
锐意殷殷游韵海，痴心默默种诗田。
芸编一册珠玑在，闪烁星光绮梦圆。

怀念翟志国先生步养根斋韵

依稀别梦已三年，笑貌音容在眼前。
冰雪邀时曾共酒，长白采韵未同编。
关东君筑宏基厚，紫衣霞承百花妍。
更有贤能襄助阵，诗成流派彩旌搴。

题图

远山如黛起岚烟，近水流波荡客船。
一拱圆虹成月满，两边碧毯缀花鲜。
前行老者鞭牛渡，后步童孩唱曲连。
生态天然真景色，原滋原味润心田。

谢北峰局长招饮，祝回乡一路顺风

小雨清新秋送凉，重逢老友共擎觞。
激情追忆风和雨，绮梦萦怀梓与桑。
忧国思民心未改，亲山近水意犹狂。
荣归故里天伦乐，阵阵涛声祝远航。

步养根斋师韵贺吉林省第九次长白山文化研讨会在靖宇召开

溯古寻今探不休，稀龄秉笔赋春秋。
关东诗阵携同侣，靖宇英魂励众俦。
赤谷崖河掀浪涌，白浆隰壤荡云悠。
群贤雅聚开新宇，宏论雄篇释惑愁。

处暑

秋雨连天去暑凉，无情落叶下潇湘。
蝉音已禁思冬渡，雁阵刚排追夏航。
摇曳枝头观果硕，漂流舟里论鱼长。
田园丰满年成好，只待回收共举觞。

萧乡诗会感吟

秋雨连连去暑凉，老朋少友聚萧乡。
兰河韵涌千层浪，红女魂传万里疆。
绚烂诗花开盛世，铿锵吟旅颂华章。
肩担重责无旁贷，承继源流国粹扬。

白露

白露来临日渐凉，早中午晚四时装。
街头少见单衫绿，树下常堆一地黄。
金菊迎霜开圃苑，青莲遇雨萎泥塘。
老夫闲得一壶酒，苦辣酸甜自品尝。

赞晋城银行

三晋人文耀典章，新风新貌赞银行。
春晖寸草思恩报，冬雪苍松立志强。
飞跃珠联千贷户，耕耘融合万储乡。
细微处处为民想，睿睿名牌四海扬。

秋收

十月中秋已动镰，垄头鼎沸地生烟。
农民喜悦收粮豆，机器轻松奏琴弦。
金粒归仓仓廪满，银元入库裤兜圆。
脱贫致富同心力，成事在人不在天。

秋望

万里长空未染尘，远山近水画图新。
篱墙绽放黄花靓，峰岭燃烧赤叶亲。
排雁乘风诗筑梦，枯荷听雨韵成神。
田间堆满丰收稻，仓廪充盈富国人。

抗联文化高端论坛志贺

荡寇艰难赞抗联，峥嵘岁月战驱前。
惊魂动魄风云后，雪塑冰雕雨水先。
杜撰经纶谁去伪，澄清故事我思贤。
高端证史千秋业，华夏中秋月正圆。

我欠秋天一首诗 二首

其一

雨骤风狂不可知，花开花落任由之。
蹉跎岁月情缘老，潇洒青春幻梦迟。
雁鹜归飞寻暖季，菊兰绽放觅霜时。
银须捻断无佳句，我欠秋天一首诗。

其二

又到花凋叶落期，感时溅泪酒盈卮。
霜风扑面人能觉，顽病缠身己最知。
耳背胡听塞上曲，眼花常觑岸边枝。
江郎老矣才情尽，我欠秋天一首诗。

答仁怀市长和诗

耕耒金源谁不知，南山不老靓虬枝。
怀仁只做山乡事，寄梦常吟家国诗。
已到秋凉霜降早，何愁春暖雁来迟。
夕阳未落晴方好，二度辉煌正此时。

诗月连珠

月下吟诗望碧天，天河诗韵月初圆。
圆圆月丽诗词累，累累诗囊日月牵。
牵挂诗缘求月润，润滋月梦觅诗联。
联欢拜月邀诗圣，圣月佳诗万古传。

北国诗社向平安小学捐书有记

支教捐书进课堂，鲜花朵朵迎朝阳。
红巾艳艳胸前动，绿叶茵茵腹底藏。
朗朗童声吟古韵，丁丁弦管奏宫商。
青春无悔求知事，圆梦何愁少栋梁。

山中

山溪水瘦也疏狂，冲涧敲岩向远方。
落叶随波飘大海，流沙逐浪坠方塘。
层林彩绘秋霜染，叠岭风雕桂蕊香。
醉卧亭前谁把酒，倚栏一片菊花黄。

墙头草

鸟衔籽粒到墙头，砖隙生根竞自由。
弱草纤情三尺干，强身绮梦百层楼。
风吹常斥随风倒，雪虐当歌傲雪遒。
莫道平凡应悔憾，秋黄春绿也风流。

中秋夜思

此生何事最伤悲，驾鹤双亲唤不回。
睹物思人人不在，闻风觅影影无偎。
儿孙怆也心凝雪，邻里凄然泪溢杯。
遥望家山难尽孝，可怜荒冢草成堆。

送雪莹诗友美国之行

闻君又要美州行，小磨分杯话别情。
社火红红因努力，吟旌猎猎靠经营。
传承国粹终身志，振兴中华舍命耕。
不忘初心淘韵海，掀波推浪起涛声。

中秋望月

每逢佳节聚亲朋，寸草知恩报晚晴。
浪迹江湖归故土，追踪雁鹜踏新程。
分杯共饮醇香酿，共桌分尝美味羹。
夜半云开同赏景，银辉洒落到天明。

霜降

地球转动永前行，暑往寒来又一程。
霜降冽风欺草木，露凝淫雪壮旗旌。
丰收硕果催人进，储备资源待耒耕。
莫为秋归添怅惘，春来万物绽华英。

无题

问君何日向南飞，地角天涯赏翠微。
琼海无波风浪瘦，故乡有雪冻冰肥。
人生壮丽西阳晚，岁月蹉跎绮梦违。
花落花开何足恋，云舒云卷看霞晖。

步亦东韵贺党的十九大召开

大会今开颂贺词，老夫拙笨总来迟。
小生一曲真情赋，庶众几多绮丽诗。
盛世民心求稳也，嘉时国运盼强之。
群贤共聚谋方略，踏浪平涛四海夷。

贺李跃贤诗家大作付梓

春夏秋冬一卷诗，花开四季叹何迟。
风吹桃李新音吐，雨润莲荷旧律思。
冷菊迎霜香满苑，寒梅斗雪韵盈枝。
经年不辍终成果，得玉收珠喜贺之。

重阳雅聚

泉湖雅聚贺重阳，作赋吟诗醉举觞。
霜露无情催叶落，雪冰有梦孕花昌。
韶华已共流年老，迟暮难随日月长。
夕照枫林红似火，谁能伴我舞霓裳。

西泉眼水库重阳诗会感赋

聚会重阳共乐哉，新朋旧友赛诗来。
吟波咏浪湖中水，赏景观光坝上台。
靓照几多留倩影，欢歌一曲现英才。
霜寒菊冷由他去，心有春风花自开。

冬霾

立冬未见雪纠缠，霾雾昏昏锁陌阡。
冻雨敲窗三两点，冽风卷地两三旋。
秸秆遍野红红火，车辆盈街黑黑烟。
生态失衡成祸患，何时还我绿天然。

步韵亦东徒步解酒

醉后临屏兴正高，低吟浅唱赞离骚。
飘飘冷雪清心肺，冽冽寒风解虑焦。
曲赋诗词无达诂，人情世故有腥臊。
鸡心不解行船腹，贵在真言重节操。

老同学相聚小饮

难得同窗到我家，荒庐增色壁生霞。
粗蔬两碟权充肉，醇酒三杯且做茶。
往事留痕多绮梦，前程未卜少光华。
古稀不忘儿时事，常忆山乡野草花。

雪乡

一夜西风逞虐狂，携来飞雪满山乡。

银铺石板晶莹路，玉罩砖房透剔装。

村柳凝霜淞簇簇，街灯垂柱亮行行。

春风心荡寒生暖，酒话康庄韵味长。

次韵养根斋教授小雪雅聚留题

小雪飘来却有寒，兰亭雅聚暖吟坛。

心声共唱小康曲，妙笔同绘大景观。

琴瑟弦张开阔路，雨风舟济越群峦。

欢呼进入新时代，双百梦圆心可安。

韵和超然咏雪

纷纷落落九霄来，六角凌花兀自开。

旷野须臾铺厚被，方塘即刻垒高台。

吟诗淘韵君寻乐，拾雪玩冰我去哀。

抛却浊尘心有绿，东君不日送春来。

五排

旅途

奔向公交站，才通地铁门。

扭头牵老伴，挥臂领童孙。

手挂驴行袋，肩驮洗漱盆。

安全需检测，稳妥步梯墩。

站内昏天冷，车中物候温。

启程归故里，回望别皇村。

汽笛声声响，离情断断魂。

街灯随路远，冰雪隐窗痕。

夜落徐徐幕，车飞震震轮。

庄生蝴蝶梦，天明到老屯。

夜梦听雨

信步桃源洞，奇花异草荣。
平湖翻浪碧，银鲤逐波清。
怪石岸边立，扁舟水里行。
欣然思趣乐，陶醉觅杯觥。
忽尔雷音响，倏忽梦魇惊。
临窗先坐起，洗耳后恭听。
本是平安夜，何来霹雳声。
乌云隐肚白，黑幕掩星萌。
何处狂飙起，几时岚雾生。
瑶台池乍破，银汉水充盈。
王母淋汤重，仙姑浣洗轻。
初乎笔点墨，继者勺扬羹。
雨脚如麻落，水流似瓮倾。
冰河军马动，雪野炮枪横。
龙舞沧溟浪，马嘶广宇鸣。
轰轰连一片，落落过三更。
一阵敲锣鼓，应时罢战兵。
夜深终始静，晨至曙光明。
滴滴檐头漏，淙淙楼底泓。
街灯黄若豆，窗露白如晶。
好雨知人意，长留润物情。
桃园何处是，绮梦总天成。

我有一壶酒

我有一壶酒，擎杯敬上宾。
花间邀月影，梦里逛朋邻。
羁旅天涯苦，归乡桑梓亲。
花开各有序，叶落莫寻因。
名利何堪论，钱财无必珍。
流年若逝水，岁月不饶人。
已近西阳晚，尚余几度春。
长空放眼望，神马是浮云。
淘韵能康体，吟诗可壮魂。
与君同一醉，足可慰风尘。

题图 邻家

两头飘白发，一对好邻家。
席地门前坐，闲聊动齿牙。
街长和里短，稼穑与桑麻。
锅碗瓢盆米，油盐酱醋茶。
姑娘真孝顺，媳妇理应夸。
无意评儿子，真心赞爱娃。
新闻添乐趣，陈事乐年华。
逸兴犹难尽，哪知日已斜。

七排

无题

百溪奔涌向沧溟，千岭峥嵘耸碧空。
四季风云来眼底，五湖涛浪荡心宫。
三生石上人皆叹，六道轮回路未通。
一抹霞辉残照里，几多鸦噪暮林中。
明日出行千里远，今晨请假告知详。
屏前难顾帖评少，待得归来再补偿。

五

绝

长白山行吟 八首

题一山一蓝酒店

苍莽山巅雪，清幽蓝果芳。
东荒寻绮梦，大美在仙乡。

同心树

梁祝生蝴蝶，林花树抱根。
千秋枝叶茂，永浴地天恩。

琥珀木

燃灯明永夜，脂厚透奇光。
纹理天然美，清新万古香。

情缘桥

两岸连栈道，一桥流水吟。
情缘牵手度，白雪证胸襟。

石人阵

秦政殉陶俑，金宗阵石城。
祭山同拜祖，神佑不咸亨。

祈天石

神坛设祭台，皇帝拜山才。
日石存千古，灵仙踏雪来。

悬棺

悬棺枝上吊，天葬一奇观。
长白神灵祐，超然魄自安。

三洗泉

林深泉水澈，雪厚细流长。
三洗除尘垢，神灵送吉祥。

吾有一杯茶 五首

其一

吾有一杯茶，无芽更少花。
沧桑枯叶老，可敬众诗家。

其二

吾有一杯茶，谁添茉莉花。
馨香能共赏，足以慰卿家。

其三

吾有一杯茶，情钟野菊花。
清心能去火，饮罢似仙家。

其四

吾有一杯茶，鲜红似藕花。
邀朋亭榭饮，望月不思家。

其五

吾有一杯茶，清清无朵花。
君交淡若水，共筑诗词家。

吾有一笺诗 六首

其一

吾有一笺诗，苍苍穹碧知。
心怀天地阔，神马任飞驰。

其二

吾有一笺诗，沧沧大海知。
行舟千万里，航线莫偏离。

其三

吾有一笺诗，巍巍峻岭知。
攀登何惧苦，景色峰巅奇。

其四

吾有一笺诗，滔滔流水知。
向东奔到海，矢志不能移。

其五

吾有一笺诗，茫茫旷野知。
探幽寻曲径，花草自迷离。

其六

吾有一笺诗，亲亲韵友知。
诚心敞肺腑，携手共行之。

雨水

雨水正逢时，情吟子美诗。
天公知节气，早润向南枝。

独酌

凝眸对饭桌，举酒辣心窝。
品菜无甘味，思乡涕泪多。

观灯有感 小轱辘 三首

其一

如红莫若空，霓彩耀苍穹。
万里浮明月，人间暖气融。

其二

放眼望天宫，如红莫若空。
群星参北斗，无处不春风。

其三

猜谜射虎虫，彩带舞东风。
盛世人灯旺，如红莫若空。

挽孟传生主席

联雨纷纷落，文风阵阵吹。
英魂驾鹤去，无处不伤悲。

谷雨

欣闻布谷声，美塑靓山城。
蓝色玲珑雨，催犁绮梦耕。

无题二首

其一

人人说戒酒，吸者乐陶然。
病患有天定，飘飘若是仙。

其二

人人弃酒杯，我独清醪陪。
只饮三分醉，风流走一回。

写给小朋友的诗 五首

其一

春草绿如茵，时光足可珍。
学来真本事，报效国与民。

其二

课堂付苦辛，誓作有心人。
认真学文化，尊师知感恩。

其三

风动入轩窗，催人早起床。
按时洗漱毕，快步向学堂。

其四

周日不贪床，闻鸡着锦裳。
云游郊野外，花草透奇香。

其五

少小学雷锋，甘心做义工。
帮人无反顾，可赞是螺钉。

白露

金盘托玉露，落地即成霜。
萧瑟秋风起，红黄演大荒。

秋分

秋分八月半，昼夜最平均。
赤道高悬日，阴阳始转轮。

霜降

霜降寒风起，陌阡人正忙。
挥镰残照里，福禄收回仓。

送余光中先生

思绪尽乡愁，这头连那头。
而今船票买，直上九霄游。

七绝

悼念雪莹老父辞世

网传噩耗痛心惊，遥望榆关送一程。
驾鹤西行应走好，满天飞雪女儿情。

悼念哈尔滨大火牺牲的五位消防战士

真金烈火现英雄，无悔青春化彩虹。
耀眼流星虽暂短，光辉永驻众心中。

淞韵

似雾如霜挂璧纱，如花似朵绽琼葩。
晶莹北国神灵韵，绮梦相思到远涯。

贺犬尔、燕灵儿伉俪大作《泉声燕韵》付梓

泉流奔涌开江汇，声律铿锵重庆扬。
燕舞莺歌成一景，韵飞巴楚壮山乡。

读双山兄《祭红楼》

红楼祭赋感人肠，动乱经年家国殇。
今日补牢犹未晚，除蝇灭虎护全羊。

读梅翁《揽月楼赋》

揽月楼头观满月，狂吟劲舞类超群。
梅翁此赋开新境，一扫尘霾荡紫云。

读双山兄《学诗》

习文学武各寻章，不为他人做嫁妆。
一曲诗论传后世，风骚独领韵旌扬。

读梅翁《烈女传》

巍峨挺立伏牛山，一段原由烈女传。
当谢梅翁神赐笔，惊人醒世著佳篇。

读双山兄《自述》

一生坎坷路艰辛，岁月沧桑不老人。
晚照西山情未了，时时跃动少年心。

步梅翁韵 四首

其一

腊月寒天佳节临，茫茫旷野雾凇森。
谁留羁旅行行印，曲曲弯弯雪里沉。

其二

不扫尘埃节也临，寒窗风入冷森森。
无翻旧页新笺至，拙笔难留岁月沉。

其三

生辰十二几番临，岁月流年太肃森。
不觉匆匆春已老，何堪往事乱钩沉。

其四

全羊有宴嘉宾临，莫问华巅疏乱森。
旧梦新景成追忆，流觞曲水酒无沉。

春日大雪

谁持巨斧碎瑶台，玉屑纷纷落下来。
洁白晶莹忽不见，汪汪积水结春胎。

玉兰

干枝无叶挂棉桃，风动铃摇玉浪高。
间或夹株呈紫色，馨香浸肺胜醇醪。

乙未清明病中杂咏 十首

其一

乙未清明未踏青，只身病榻苦丁零。
家山遥望云遮路，缕缕哀愁伴雨听。

其二

清明节日未晴明，雾雨纷飞霾雪横。
神鬼也知天气冷，三杯饮罢即回茔。

其三

鲜花美酒牡丹烟，宝马香车玉女牵。
地狱无由贪共腐，清明时节乐蹁跹。

其四

莫信神灵莫信仙，慎思追远忆前贤。
高风亮节人皆仰，不朽英名华夏传。

其五

人生百事孝当先，抓紧时间敬母贤。
子欲养而亲不在，长留遗恨受熬煎。

其六

清明谷雨暮春时，病榻窗前若有思。
已尽天涯风雪路，生生死死任由之。

其七

两眼昏花半耳聋，心慌腹闷气难通。
胆囊结石脂肝大，栓塞初成血管中。

其八

输液行针祛病伤，煎汤草药几箩筐。
葫芦按下瓢瓢起，未送春温反上霜。

其九

春来暖气入轩廊，遥望枝头绽绿黄。
卧病床前人站起，心随紫燕到山乡。

其十

小灾小病本无妨，入院查查到处伤。
零件如今均破损，自然规律不能匡。

哈尔滨中国亭园三十六绝句

五松亭

五大夫原一老松，秦皇避雨感恩封。
后人缘起山亭建，佳话留传说岱宗。

道山亭

何以小亭称道山，只缘曾巩有名篇。
民情俗土风流地，从此乌山天下传。

方胜亭

套合方环美画栏，吉祥圆满敬慈龛。
乾隆尚且能如此，不孝子孙何以堪。

冠云亭

花纲遗落石成峰，览胜观云造此亭。
六角飞瓴风八面，巅头泥塑橘柑型。

兰亭

文人雅士结兰盟，曲水流觞绮梦萦。
墨染丹青成永久，砚池万代响涛声。

饮绿水榭

谐趣园中谐趣阗，一池碧水卧青莲。
昔时太后垂纶处，今日游人钓旧年。

沧浪亭

亭建高丘古树旁，远山近水草花香。
清风明月谁知我，未见沧浪心已伤。

清介亭

清介亭中有准绳，廉泉古井水清清。
人人养德心如镜，贪腐除根苗不生。

子云亭

司马齐肩有子云，文辞律赋笔如神。
一亭留得风流在，激励后来多少人。

冷泉亭

西湖灵隐有奇峰，疑入丹青梦幻中。
酒醉情痴何解意，冷泉一饮爽心通。

濠濮亭

林幽泉胜濮濠连，听鹊观鱼意趣缘。
别却红尘烦恼少，超然散淡做神仙。

琵琶亭

夜雨秋风忆旧年，浔阳江上客留船。
荻花瑟瑟今何在，一曲琵琶万古传。

毛泽东词碑亭

旷世英雄属润之，能文能武尽人知。
推敲平仄安天下，写就中华最美诗。

扇面亭

亭开扇面巧玲珑，前窄后宽型不同。
寓意祥和家国顺，万民喜乐共春风。

燕喜亭

连山石岭建亭台，韩愈更名美壮哉。
除却闲官饕餮地，吉祥燕子尽归来。

滴翠亭

戏蝶湖心滴翠亭，谁闻私语抖机灵。
雪芹一部红楼梦，说给今人细细听。

东坡亭

乌台案后贬堪怜，合浦归来度晚年。
仙吏遗踪清乐地，建亭立像念时贤。

影香亭

原亭建在水中央，梅动香浮倒影长。
北国迁来成一景，移情别恋莫思乡。

醉翁亭

近山近水近园田，雅聚亭台乐自然。
邀得清风明月饮，醉中又写好诗篇。

浸月亭

月浸波横若画图，寻踪问迹将台孤。
周郎若识东风面，赤壁纷争未可输。

西施亭

苎萝有女一枝花，绮梦翩翩向远涯。
战乱频频多苦难，不如故里浣溪纱。

开网亭

湖中有岛岛中湖，印月波光禅境殊。
三角亭开网一面，宽人律己醒醍醐。

知春亭

冷暖谁知鸭苦辛，梅花迎雪净心身。
游园喜得名亭现，北国光临报早春。

牡丹亭

国色天香说牡丹，缠绵婉约述悲欢。
古今总览情缘事，少有春温多有寒。

兰亭御碑亭

父子鹅池泼墨香，祖孙御笔写华章。
风骚独领传佳话，国粹文明流韵长。

舣舟亭

生死常州三十年，系舟寻梦结奇缘。
坡仙遗迹冰城赏，不去江南趣也阑。

颐和园长廊

傍水依山卧巨龙，雕栏画栋紫气浓。
长廊一部春秋史，追溯炎黄祖有宗。

鹅池碑亭

兰亭一序写雄篇，以字换鹅佳话传。
父子同书碑矗立，游人览胜敬先贤。

爱晚亭

小杜诗吟冠美名，红枫霜月几多情。
层层石径鸿留迹，激励来人向远行。

可亭

六角飞檐沐紫烟，个中亭建半山巅。
天时地利知人意，此处清幽可歇肩。

水流云在亭

静心莫与水流争，仰望高天云在行。
雨雪风霜经历后，人生悟透启新程。

荷风四面亭

矗立湖中一彩螺，荷花四面绿掀波。
暖风吹得游人醉，缕缕馨香闻到么。

湖光榭

湖光倒影入云空，碧水观鱼捉草虫。
对弈纷争垂柳下，轻歌亭榭看仙翁。

陶然亭

一山一水一流泉，一草一花一柳烟。
一石一碑一小岛，一舫一酒一陶然。

幽赏亭

向晚悠然入小亭，清辉散落满天星。
倚栏静坐无尘想，唧唧虫鸣悦耳听。

紫叶亭

不知紫叶是那株，百度搜查影讯无。
猜想亭名应尽意，寒梅或可醒醍醐。

读玉贝版《诗心》有和

童颜鹤发又何求，余热余光为国酬。
胸有春心诗不老，梅花永绽最高楼。

韵和骏马版

人生最苦是相思，地老天荒永念兹。
夕拾朝花心悦动，千言万语一行诗。

贺子远女儿考入中科院研究生

一燕出头群燕惊，云天高远任飞行。
霜风雪雨曾经后，翅硬羽丰赞大成。

春韵

远山叠嶂起岚烟，近水亭台倒影悬。
喜鹊凝神枝上望，柳丝入水乱云天。

赞山菊花

何处生长莫问由，无私无畏乐悠悠。
雨风霜露皆尝遍，笑与枫红绽老秋。

和郁犁版《无题》

不是黄花战地香，和平一派好风光。
丹青绣手绘新景，莫忘关山阵阵苍。

韵和郁犁《北国诗友雅聚》

洗尽铅华现本真，顽童耄耋更精神。
亭园聚论逢新友，绿岛乡音忆故人。

韵和沈鹏先生庚寅元日珠海即句 二首

其一

明贤鹏老动情真，虎啸南疆报早春。
接踵兰亭人奋起，吟诗泼墨最堪亲。

其二

暑热无妨韵律亲，酒香难比仄平醇。
诗词网络花枝茂，万紫千红永是春。

和朱梅香郁犁《题画》诗

直下高巅竞自由，涓涓滴滴一路收。
穿山劈岭孰能挡，志在汪洋大海流。

韵和杜鹃《立秋》

都道清凉好个秋，秋山雨霁白云悠。
悠然邀得风骚客，客赋新词可解愁。

闲钓

晓日初临散雾烟，云霓辉映水波斑。
垂纶江渚平心坐，不钓鱼虾只钓闲。

离京返哈 五首

其一

京都虽好热难搪，似火骄阳灼我伤。
虽有空调难解事，愿回东北享天凉。

其二

孟春避暑即回乡，一票难求乱我航。
妻领婴童乘软卧，大孙高铁我扶襄。

其三

懵懂初惊过沈阳，微风细雨觉微凉。
茫茫田野禾苗壮，碧绿飘来稻谷香。

其四

车过长春日已昏，万家灯火亮乾坤。
归乡游子心如箭，恨不频敲故里门。

其五

亥夜车停哈尔滨，有车接站少劳神。
家中尘乱无需扫，凉水沾唇倍觉亲。

住院期间刘国际诗友来访 四首

其一

寂寞床头点滴擎，忽闻电话响铃声。
吟朋国际哥来访，去管除针到院迎。

其二

执手相期问病情，老夫感动泪心倾。
良言一句三冬暖，胜过针流石药羹。

其三

时逢正午店兴隆，两碟青蔬酒滴盅。
话语滔滔聊不尽，拾荒沐雨又春风。

其四

闻君近日又回京，短暂停留三亚行。
羁旅天涯多保重，相期再会诉衷情。

中秋寄北国诗友

素心邮寄共中秋，明月清风谊趣稠。
地北天南相慰藉，诗朋韵友好登楼。

中秋夜咏 四首

其一

独过中秋不算孤，推窗邀月请仙姝。
病身难以翩翩舞，且把真情寄玉壶。

其二

户户中秋盼月圆，盈亏圆缺古难全。
人生最是分离苦，望尽苍茫不见船。

其三

客寄他乡思故家，屋前老柳宿归鸦。
倚门遥望谁人母，望月更深洒泪花。

其四

夜半重吟水调歌，东坡举酒舞婆娑。
古今同咏一轮月，真正圆时有几多。

闲吟 四首

其一

早望浮云晚看霞，夜听秋雨午观花。
闲来独饮一杯酒，醉卧林泉不念家。

其二

棋子难敲独品茶，临屏击键乱涂鸦。
一人寂寞心情冷，梦里寻亲向远涯。

其三

青灯古卷手中拿，读句寻章度晚霞。
吟得仄平三两句，拾荒拣贝乐开花。

其四

常思桑梓话桑麻，也忆儿时采野花。
故友亲朋今可在，屋空人去几多家。

国庆日晨起小雨

淅淅落落落淅淅，缕缕丝丝缕缕丝。
怨怨忧忧忧怨怨，期期盼盼盼期期。

长白山诗会

寒天冻地涌春潮，林海松涛韵律飘。
墨客骚人长白会，关东诗阵树新标。

长白岳桦

岩隙根深伴古松，虬枝曲干自雍容。
一心守护神灵地，占尽仙山十六峰。

美人松

叶茂枝繁靓丽容，婷婷袅袅立寒冬。
沿途舞袂频招手，堪比黄山迎客松。

长白十六峰 十六首

白云峰

鼎立关东第一峰，云遮雾锁势雍容。
情思绮想仙人梦，巧遇知音刘建封。

芝盘峰

形若圆盘四子围，鹿鸣翠谷草花肥。
芝盘名有思乡意，游客时时盼早归。

锦屏峰

城墙砬子若华屏，陡峭悬崖气势增。
出岫云霓披锦绣，霞光晚照碧池凝。

观日峰

一尖突起莽苍间，登顶扬眉天海连。
日落日升收眼底，无需蓬岛觅神仙。

龙门峰

治洪大禹此留痕，蝌蚪奇文记晓昏。
池水滔滔寻去路，轰然跌落下龙门。

天豁峰

双尖一豁禹王开，雪落峰间白蜡栽。
洞口时常蛇莽动，传奇故事尽人猜。

铁壁峰

雄关漫道确如铁，峭壁悬悬色彩绝。
最是观湖好地方，神歌仙曲向天迭。

华盖峰

黄岩鹰嘴美名排，五色云霓冠顶崖。
石后刘公留墨处，统称华盖正形骸。

紫霞峰

沙沾紫气石参差，日暮池云几缕丝。
幸有朱霞常罩顶，珠光绚烂正当时。

孤隼峰

尖秀崚嶒气势昭，池边孤傲一雄雕。
何时振翅云天矗，引领东荒向碧霄。

三奇峰

三峰比立石琳琅，倒影天池景色煌。
海上仙踪何处是，游魂托梦到家乡。

白头峰

天池咫尺佛仙通，傲雪凌空映日红。
昨日名称今已改，钓翁何奈怨秋风。

冠冕峰

冠冕如形罩璧峦，相间雪石靓奇观。
几多冰穴香烟袅，疑是仙人在炼丹。

卧虎峰

山势嵯峨怪石狞，少人登顶鬼神惊。
临池虎卧遗踪在，志略刘公冠此名。

梯子峰

双峰平峙似梯形，云雾岚烟山半停。
雪积瀑飞流韵远，锦江奔涌向沧溟。

玉柱峰

玉柱擎天杞不忧，青峰有梦入红楼。
旋流直下水云阔，泽被东荒润九州。

题图

夜梦良人泪盈腮，几多闺怨不能猜。
房门半掩凝眸望，可有鸿雁送书来。

邻居

门后门前三尺巷，左邻右舍一家亲。
糖茶烟酒同相敬，置腹推心暖若春。

曲径

如溪小径自天流，白桦婷婷景色幽。
遥望家山思绪远，几多寂寞是乡愁。

咏兰

不与群妍斗郁芳，独居幽谷自传香。
花开叶落随他去，淡雅高风入锦章。

过年

春节亲人未聚全，温州故里北京牵。
红包短信频相顾，也算欢欣过大年。

汤圆

灿烂灯花不夜天，霓裳七彩舞蹁跹。
汤锅鼎沸和谐煮，户户欢欣月正圆。

题图　鹅吻别

曲项天歌逝若烟，清波红掌已枉然。
村头一吻君先去，迟早油锅烹煮煎。

题梅舟图

乍暖还寒雪盖亭，清波倒影一舟横。
寒梅点点新花早，只待良人执手行。

题佛童图

岚罩群山雾绕峰，崖头何立小弥童。
虔诚合十凝神望，佛语禅心入梦中。

春雪

雨水来临暖雪飘，半空洒落即时消。
柳杨当解春风意，睡眼惺忪展懒腰。

寻芳

白衣卿相动心痴，斜抱崖头树一枝。
万朵梅花香不爽，只寻人面忆当时。

春池花影

桃花映照粉红池，戏水雏鹅暖先知。
渚岸芳香传碧绿，熏风拂面客游痴。

惊蛰

谁遣和风过女墙，温柔细雨夜敲窗。
梦中隐约雷音动，始信东君送暖忙。

早春杂咏 十首

其一

腊月交春在节前，寒风依旧雪冰天。
冷冬已是强弓末，且看东君正启鞭。

其二

春到浊沉阳气升，苍穹如洗透清明。
篱边残雪未消尽，却听檐上滴流声。

其三

雨水无闻润物声，熏风入夜月星明。
枯枝老干思甘露，苞蕾含情待启萌。

其四

春分昼夜已同长，退却闲心备耜装。
统领年丰勤为首，开犁莫误好时光。

其五

惊蛰难听雷震响，东君送雨到窗前。
卷帘招手频相问，何日春风绿陌阡。

其六

无事悠闲坐草坪，拨开腐叶看枯荣。
嫩芽石隙刚睁眼，遥望晴阳笑有声。

其七

和风送暖晴朗天，二老相携放纸鸢。
断线未能牵住手，树梢顶上看新鲜。

其八

独坐台前网页翻，佳词丽句满屏间。
迎春锣鼓咚咚响，只待花红柳绿天。

其九

逢春常忆青年事，多少亲朋入梦来。
岁月匆匆人不见，举杯独祭向瑶台。

其十

两鬓霜欺春不回，韶华已逝岂能追。
自然律法自然去，弄韵淘诗莫辍杯。

未曾相见已相知 三首

其一

未曾相见已相知，网络缘逢只为诗。
执手连因研国粹，频前唱和悦心之。

其二

音律和谐步韵迟，未曾相见已相知。
潜心只为寻佳句，一点收成也乐之。

其三

平平仄仄酒盈卮，千里屏前一首诗。
因有灵犀心律动，未曾相见已相知。

冰凌花 四首

其一

冻土深根孕蕊奇，还寒乍暖展风姿。
凌冰傲雪花开早，底是迎春第一枝。

其二

慢睁睡眼看端倪，雪困冰欺未足奇。
昨夜东君已报讯，迎寒吐蕊正适宜。

其三

谁道花开三两枝，鹅黄艳丽著春诗。
柔枝瘦骨与天斗，体魄精魂人敬之。

其四

含苞待放雪中藏，一片晶莹几点黄。
邀得春风如意至，携来百卉共芬芳。

小轱辘 轴句 不让诗心有暮年 三首

其一

不让诗心有暮年，荷锄耕耒向田园。
晨昏淘韵何知苦，掘尽黄沙始到泉。

其二

亲山近水乐天然，不让诗心有暮年。
闲来约得二三友，把酒兰亭话旧缘。

其三

往事回眸去若烟，前程绮丽景万千。
稀龄未减登攀志，不让诗心有暮年。

叫我如何不想他小轱辘 三首

其一

叫我如何不想他，韶山冲里一农娃。
呕心沥血改天地，创建中华新国家。

其二

常思西府海棠花，叫我如何不想他。
鞠躬尽瘁谁堪比，馨香缕缕漫天涯。

其三

风雨催开战地花，投身军旅不思家。
人人都敬红司令，叫我如何不想他。

丁香 三首

其一

不与群芳争早春，庭园街巷立娇身。
清香缕缕飘飞远，爽气怡神慰路人。

其二

不与李桃争树高，堆堆簇簇也逍遥。
小花绽放春归去，迎夏送香不惧劳。

其三

萼蕊初开紫气凝，牵蜂招蝶引啼莺。
清香阵阵游人醉，雨后丁香最恋情。

题图

谁持碧绿映轩窗，西照南风送晚芳。
何日举杯能不醉，回眸一笑是家乡。

杂咏 五首

其一

人老怡然志未颓，夕阳晚照也生辉。
青春留得几多梦，能否称心圆一回？

其二

老病袭来不可违，自然法则自循规。
开心当有诗词赋，韵海扬帆谁在飞？

其三

丁香花落郁香浓，叶茂枝虬紫雾中。
夏雨袭来昂首立，比肩梅菊看谁雄？

其四

清晨踏露到池塘，未见花开闻郁香。
寻遍四周芳草地，谁知艾蒲在何方？

其五

烂饭稀粥养老人，儿孙隔辈最堪亲。
天伦享尽留奇趣，谁付慈尊二度春？

黄昏恋

日照西阳柳影长，银须白发话衷肠。
黄昏也有真情恋，一对鸳鸯戏藕塘。

延寿情结 三首

其一

钩尘往事忆曾经，延寿缘由不陌生。
三十年前谋找矿，玉河钻探结初盟。

其二

几回问矿会兰亭，大野局头累举觥。
退后不知君远近，何期相聚话前情。

其三

尚方延本一家亲，傍水依山是近邻。
浪迹天涯心未远，杯中常满故乡醇。

闻哈市遭雹灾

天公何以祸黎民，突降冰雹太狠心。
垄亩已成盐晒场，无收颗粒怎脱贫。

临屏接龙 六首

接杜鹃

遍岭奇珍土里藏，拾荒探宝路犹长。
人生不老青春志，且把黄昏做曙阳。

接杜鹃

撒网归来鱼满仓，滩头生火煮西阳。
举杯一曲渔歌唱，苦累辛劳一扫光。

接杜鹃

此景恢弘醉夕阳，老来得韵也疏狂。
虽无李杜如神笔，敢问苍天咏大荒。

接马年

半日驰神趣味长，一杯小酒慢思量。
稀龄缘结诗词友，相约荧屏话宋唐。

接马年

客舍题诗接太阳，兰亭泼墨写华章。
弘扬国粹同心力，韵海飞舟向远方。

接杜鹃

倒映流云韵意长，青山做笔写华章。
高空掠过莺莺燕，已把诗情寄远方。

庄周梦蝶

翩翩起舞乐遥空，一梦庄周向碧穹。
醒来蛺蝶应非我，人物相融造化功。

题图 拙和杜娟

苍穹万里散岚烟，碧树青葱翠鸟翩。
蜂蝶勤劳寻蜜处，黄花热烈映云天。

高山松

岚烟云雾隐奇峰，峰顶超然立劲松。
松挺虬枝遥望远，远迎游客觅仙踪。

一树清风半是蝉小轱辘 三首

其一

一树清风半是蝉，横塘碧水荡青莲。
蜻蜓难觅尖尖角，花落蓬生籽欲还。

其二

立秋无雨落窗前，一树清风半是蝉。
酷暑难消珠汗淌，几番辗转不成眠。

其三

晚照西阳几缕烟，红颜老去不回还。
痴情不改当年志，一树清风半是蝉。

情到痴时一念深小轱辘 三首

其一

情到痴时一念深，几多往事记犹新。
今生未得因缘尽，来世当逢梦里人。

其二

花前树下月黄昏，情到痴时一念深。
唐婉沈园词一曲，陆游留恨万人吟。

其三

莘莘学子立程门，十载寒窗苦认真。
贾岛推敲惊愈马，情到痴时一念深。

花影时撩更乱心小轱辘 三首

其一

花影时撩更乱心，桃花人面各自分。
出墙红杏情无动，佛在胸中是子君。

其二

大千世界景缤纷，花影时撩更乱心。
回首平生多少事，难能可贵是精神。

其三

暑热欺人情不禁，林园慢步意沉沉。
不知翠鸟藏何处，花影时撩更乱心。

中国女排里约夺冠寄咏 五首

其一

五连冠后势低迷，尝胆卧薪志可持。
奋发图强十二载，摘金又靓当年姿。

其二

教练郎平真是铁，排兵布阵呕心血。
几番逆境出奇招，奥运夺魁赞俊杰。

其三

阳光总在雨风后，磨砺身心衣带瘦。
养锐蓄精十二年，五环旗下真人秀。

其四

越岭翻山勤奋攀，追波逐浪几回弯。
五环赛场同心力，风卷红旗过大关。

其五

同挥汗水写春秋，教练球员虑远谋。
合力摘金圆绮梦，女排巾帼最风流。

小轱辘 谁能与我赏秋红 三首

其一

谁能与我赏秋红，落叶飘零西向东。
儿女他乡谋事业，可怜病妪伴衰翁。

其二

苦辣酸甜盈酒盅，谁能与我赏秋红。
有心欲望山前去，半臂偏枯半耳聋。

其三

秋霜秋雨伴秋风，岁岁年年景色同。
少友老朋今剩几，谁能与我赏秋红。

拾秋叶接龙 四首

其一

落叶飘零时已秋，光阴荏苒似水流。
天公不假征人寿，何奈寒霜浸满头。

其二

何奈寒霜浸满头，残身无力下重楼。
遥思南岭五花处，几点枫红几点愁。

其三

几点枫红几点愁，桃花人面却难留。
痴情总结相思扣，真爱遥遥不可求。

其四

真爱遥遥不可求，围城内外各寻幽。
一堆落叶收拢起，留待衰翁做冢丘。

拙和张福有先生《江密峰考古调查四咏》

石斧

石斧寻来喜泪多，艰难困苦几消磨。
白山终现洪荒迹，佐证文明一首歌。

石刀

青史沧桑演大荒，石刀留迹韵悠长。
而今拾得填新补，边塞文明绽瑞芳。

陶纺轮

阴晴雨雪盼天蓝，非到长城始不甘。
出土纺轮能证史，陶然一醉荡层岚。

鬲足

淬火经霜鬲足存，残陶千古尚余温。
斑斓霞彩如金匾，当挂东荒赞养根。

叫人最忆是杭州 小轱辘 三首

其一

叫人最忆是杭州，画意诗情景色优。
一曲春江花月夜，拉开序幕唱风流。

其二

塔影长堤碧水柔，叫人最忆是杭州。
天鹅湖上翩翩舞，茉莉香飘西子楼。

其三

钱塘潮起醉心眸，盛会筹谋向远游。
月下烟花留倩影，叫人最忆是杭州。

《北国诗词》期刊发刊会作业 三首

其一

北国诗花灿烂开，新刊付梓贺声来。

霜秋开卷多风彩，斗艳争芳耀韵台。

其二

清音雅韵见奇才，北国诗花灿烂开。

菊竹梅兰相得趣，菩提树下用心裁。

其三

国粹宏扬兴未艾，神州大地韵连台。

新朋旧友同努力，北国诗花灿烂开。

延寿行吟 十二首

其一

冷雨连天今放晴，天公作美亮心旌。

清晨赶路缘何事，只为诗词那段情。

其二

一进城廓亮眼眸，如林耸立尽高楼。
兴隆商铺财源旺，勃勃生机势正遒。

其三

寿山寿水寿人寰，福地福天福乐园。
旧雨新朋相聚会，推平敲仄韵声喧。

其四

延寿诗联有洞天，藏龙卧虎尽神仙。
犁耕荷咏旌旗舞，宋雨唐风著锦篇。

其五

山染五花晴方好，潋滟湖光景色幽。
一石嵌镶红寿字，万条福路走从头。

其六

农家小院聚诗俦，义重情深曲水流。
细品佳肴思过往，文心相悦最堪讴。

其七

古今贤哲展风流，凤舞龙飞墨迹留。
百寿长堤开寿卷，游人到此爽心眸。

其八

山乡美酒葡萄酿，锦鲤盈盘二尺长。
延寿相逢圆夙愿，擎杯对饮乐无疆。

其九

韵海犁耕愿作牛，晨昏不辍几多秋。
而今桃李枝繁茂，明日芬芳遍九州。

其十

青莲出水洁清身，玉立婷婷不染尘。
藕断丝连情谊重，诗词曲赋韵连根。

其十一

女史初逢意趣投，裁云织锦见风流。
端庄高雅言谈美，倩影凌波靓桂秋。

其十二

携手并肩堤上行，春生炽热火山情。
秋光五色层林染，寻梦枫红看落英。

雪 二首

其一

冷冷清清瑟瑟吹，飘飘洒洒翩翩飞。
层层叠叠暄暄被，暖暖温温厚厚围。

其二

白白晶晶天外物，飞飞扬扬人间来。
峰峰岭岭披银铠，村村寨寨筑琼台。

风行雪域万云开 小轱辘 三首

其一

风行雪域万云开，暖日昭昭入苑来。
小径幽幽留倩影，谁家仙女下瑶台。

其二

剔透晶莹不见埃，风行雪域万云开。
龙飞凤舞冰雕靓，鬼斧神工任剪裁。

其三

骚人逸兴北疆来，玉骨冰肌壮尔怀。
相悦文心歌一赋，风行雪域万云开。

扶摇直上海东青 小轱辘 三首

其一

扶摇直上海东青，展翅高天万里行。
俊勇神奇成一霸，至今北国有威名。

其二

墨客骚人结社盟，扶摇直上海东青。
耕耘两载诗花灿，紫万红千富锦城。

其三

阳春白雪共嘤鸣，继续长征向远程。
韵律和谐天地响，扶摇直上海东青。

一日江楼坐翠微 小辘轳 三首

其一

一日江楼坐翠微，清波潋滟煮霞晖。
扶栏远眺天际远，帆影几多人未归。

其二

秋来落叶已飘飞，一日江楼坐翠微。
忽见排人南去雁，思乡愁绪乱心扉。

其三

花草应知各瘦肥，人生莫叹事相违。
陶然心态观风景，一日江楼坐翠微。

风雨雷电 四首

风

微微煦煦柳枝摇，急急匆匆赶浪潮。
卷卷旋旋龙震怒，洋洋洒洒落狂飚。

雨

毛毛细细润春苗，线线丝丝旷野浇。
淅淅哗哗飞瀑落，汹汹涌涌水成妖。

雷

郁郁沉沉万里云，隆隆滚滚耳中闻。
轰轰烈烈一声响，莽莽苍苍力万斤。

电

明明灭灭乱阴阳，火火红红霹雳长。
热热亲亲相对吻，茫茫昊昊耀弧光。

题图

回归紫燕乐逍遥，亲吻枝头小萼苞。
忽见身旁杨柳色，凌空垂下绿丝绦。

老伴（新韵）

银须鹤发两搀扶，漫步寻春影不孤。
风雨沧桑多少载，相亲相爱似当初。

春

阳春五福降中天，一莓红梅早湖山。
水调歌头吟簇水，潇湘夜雨醉花间。

梅花邀我小桥东 小辘轳 三首

其一

梅花邀我小桥东，不见斯人只剩翁。
五十年来寻故地，无踪无影去如风。

其二

心有灵犀一点通，梅花邀我小桥东。
出墙红杏今何在，拍遍栏杆问碧穹。

其三

又逢节日望长空，一缕情思寄远鸿。
杯酒岂能消寂寞，梅花邀我小桥东。

不醉能狂便是仙 小辘轳 三首

其一

不醉能狂便是仙，春风又绿杏花天。
银须白发人非老，索句敲诗乐趣阗。

其二

闲云野鹤鹧鸪天，不醉能狂便是仙。
借问刘伶何处在，杜康手指酒缸边。

其三

寂寞深山不问年，花香鸟语伴松眠。
清泉一捧权当酒，不醉能狂便是仙。

清明寄语

寒食过后是清明，两节相连孝道承。
千古遗风留美誉，而今圆梦要躬行。

手 二首

其一

韶山巨手带泥香，建党兴军做主张。

帷幄运筹千里外，倭贼逆旅一扫光。

其二

擎天大手治朝纲，只握狼毫不握抢。

一阕沁园春咏雪，千秋霸业写沧桑。

临频题广人老同学摄看桃图

桃开烂漫正春时，恰有工蜂戏嫩枝。

舞去飞来寻不见，花心一醉酿新诗。

谷雨

旷野传来布谷声，农家跃跃备犁耕。

殷殷卯足平生劲，美塑春秋仓廪盈。

风雨丁香 二首

其一

小院丁香花满枝，招蜂引蝶正当时。
忽如一夜狂风起，雨落残芳春未知。

其二

霞生霓彩云生风，雨落亭前缀落红。
莫问残春归去处，东君遥指绿波中。

无名野花

丁丁小小草丛中，细细尖尖瓣紫红。
蝶蝶蜂蜂争戏蕾，甜甜蜜蜜乐由衷。

送春三咏

柳絮

洒洒飘飘处处飞，亭亭苑苑一堆堆。
零零乱乱迷迷眼，雨雨风风落落归。

落花

馨馨郁郁度佳时，绿绿红红一首诗。
日日匆匆春去也，纷纷落落护新枝。

榆钱

圆圆串串似铜钱，嫩嫩黄黄野味鲜。
饱饱饥饥餐一顿，回回忆忆那荒年。

仙人球花绽放有感寄李广人

心有灵犀趣味通，球花绽放共时空。
常思校苑冲天笑，今日谁怜白发翁。

仙人球花绽放有感

仙球花放映西窗，尽管单枝也送香。
利得天时预兆好，孙儿或可入明堂。

出游杂咏四绝句

其一

莫问孙山第几名，完成考试放心情。
全家出动游风景，千里开车自在行。

其二

拙儿夫妇换开车，速度都超一百多。
高架桥头飞似箭，动车呼啸瞬间过。

其三

朝辞故里柳含烟，暮宿本溪水洞边。
一路风光难享尽，老边饺子又尝鲜。

其四 硅化木

入梦沉沉几万年，一朝出土见青天。
已无昨日纤纤体，固化成岩铁石坚。

贺某某金婚

海誓山盟不足珍，夕阳执手最堪亲。
金婚难得双飞翼，超越彭容百岁春。

七夕

远望银汉问苍天，王母含冤若许年。
微信缘情联处处，无需再盼鹊桥仙。

只桂论争有感致敬福生双山司马三贤

咬文嚼字只因诗，涩冷生偏可探知。
争论三番明事理，群聊受益感贤师。

题照片兼赠德华

当年桥上半悬空，杨柳婆娑送暖风。
五十春秋回首望，谁人识我白头翁。

自嘲

自幼痴癫不信神，老来愿做性情人。
无知偏要求诗韵，司马行空我步尘。

司马小生邀我入金源诗群感言

漂泊萍踪若许年，故乡金水最香甜。
离枝老叶无堪用，愿化肥泥固韵田。

咏松

雪压枝弯干不倾，巍巍挺立势峥嵘。
莫因冷气风吹冽，依旧崖头唱老生。

贺延寿诗联微刊三百期

期刊三百万首诗，仰赖吟朋共助之。
微信联通淘韵友，延河寿水涨潮汐。

秋日闲吟 十首

秋分

平分昼夜等阴阳，暑热消除日渐凉。
只道秋来人气爽，须知霜露已登堂。

秋露

剔透晶莹浮玉盘，珍珠滚动送微寒。
晨风缕缕催霞起，旭日升天泪已残。

秋色

赤橙黄绿青蓝紫，地北天南共一图。
雨风霜露除尘净，心清气爽共游湖。

秋山

苍苍如黛起烟岚，默默层林五色斑。
几处枯黄欺叶绿，枫红似火激情燃。

秋水

潺潺流水出林泉，一路叮当奏管弦。
夏日温柔今不在，携霜伴露也陶然。

秋风

飒飒风吹阵阵凉，秋来大地换新装。
斑斓五色倩谁靓，沃野摇铃穗橙黄。

秋雨

连阴小雨下无停，遥望天边闪电横。
远去雷音寻已渺，冰消雪化再听声。

秋钓

一阵秋风下苇塘，纤纤飞絮野茫茫。
垂纶钓叟今何在，躲进茅棚问酒觞。

秋望

万里长空不染尘，远山近水景色新。
挥镰割下丰收稻，仓廪充盈喜煞人。

秋殇

中秋寂寞未倾觞，独卧床头对残阳。
浪迹江湖思父老，游魂万里到家乡。

残荷

寒霜冷露褪残红，败叶枯黄荡水中。
唯有一枝蓬举起，饱含籽粒待春风。

淡淡炊烟映晚霞 小轱辘 三首

其一

淡淡炊烟映晚霞，耕牛信步返回家。
童书挂角人何在，河畔荒坡采野花。

其二

村头树下话桑麻，淡淡炊烟映晚霞。
谈兴浓浓难住口，风吹凉了半杯茶。

其三

仓廪丰盈脸绽花，河塘蹦跳有鱼虾。
一杯老酒酬宾客，淡淡炊烟映晚霞。

雪中花

冰欺雪压奈吾何？独向寒风唱喜歌。
一缕馨香春永在，生生死死未蹉跎。

《百合花开》读后

久居荒野耐凄凉，面对嘲讽志不惶。
雨雪风霜经历后，真情炽烈绽芬芳。

《奶奶的星星》读后

亲缘可贵血凝成，脉脉含情护晚生。
人懂感恩先尽孝，莫因悔恨放悲声。

枫

晚照苍山几缕霞，西风凛冽毁芳华。
心存炽热燃冰雪，点点枫红灿若花。

公祭日

警笛长鸣今又鸣，长江碧血起涛声。
金陵卅万冤魂在，不日提刀索鬼瀛。

纪念周总理

十里长街记忆深，万人空巷泪沾襟。
西行卌载谁能忘，爱国忧民一片心。

词二百二十二首

十六字令·荷四首

荷，叶满湖塘荡绿波。蛙声起，伞盖向天歌。

荷，萼角尖尖若炬火。蜻蜓立，蜂蝶舞婆娑。

荷，花绽枝枝赤白朵。骚人醉，绮梦唱吟和。

荷，藕断蓬弯不落魄。春风起，细雨壮新棵。

十六字令·春 北国诗词版全家福十七首

春，韵领群芳喜煞人。晶莹美，冰雪是真君。

春，骏马诗词笔最勤。奔腾急，每日贴千巡。

春，岂惧辛劳付苦心。生花笔，犬尔唱佳音。

春，怒放鹃花有雪痕。悬崖立，曲赋吐芳芬。

春，万里云帆渡远津。勤摇橹，直指向天门。

春，紫燕归来杨柳新。轻歌舞，落落一天真。

春，远望蓬莱念玉军。诗风荡，浩气永留存。

春，拾贝逐波未老人。童心在，韵赋可追云。

春，沃野郁犁耕耒勤。华章秀，垄亩绿成荫。

春，哲圣于春咏竹魂。风骚笔，成就大诗人。

春，大漠荒原走彩云。雄鹰起，诗阵赞阿根。

春，路上拾荒脚履频。寻高处，励志步贤尘。

春，不老琼瑜圣哲身。诗词曲，展示大精神。

春，年逾古稀玉贝臣。恒心在，妙笔写天真。

春，子远新疆铺绿茵。熏风度，笔墨又呈新。

春，塞北乌苏浪里寻。垂纶稳，满篓跃银鳞。

春，北国家园韵谊深。同心力，再创诗词新。

十六字令·桃荷菊梅四首

桃，纷纷红红艳艳夭。佳人面，门里手轻招。

荷，玉玉婷婷绿绿娥。泥无染，蜂蝶舞婆娑。

菊，白白黄黄墨墨躯。秋风起，坚挺傲霜枝。

梅，雪雪冰冰冽冽陪。春雷响，招唤众芳回。

十六字令·春四首

春，阵阵轻风过岭岑。枝梢动，草木长精神。

春，缕缕和风问水津。冰融雪，湖面荡波新。

春，款款熏风入窗门。帘微动，招手迓东君。

春，处处惠风送甘霖。心情爽，待种梦耕耘。

十六字令·人四首

人，立地顶天泣鬼神。观历史，大字写经纶。

人，缥缈长天几缕云。飞船动，天地任游巡。

人，睿智聪明不染尘。归根底，万物我称尊。

梧桐影·晨四首

更梦残，灯光冷。寒榻衾凉心复凉，天涯断处寻鸿影。

星月稀，晨风冷。鸡唱几声天欲明，何人睡梦尚无醒？

霞满天，浮云涌。晨日放光辉四方，公园锻炼人接踵。

弦管扬，霓裳舞。行跑走圈玩武功，银须白发如龙虎。

捣练子·春日

瓶酒绿，杯胭红。老友相逢浪迹中。一世苦甘何足论，白须银发话春风。

捣练子·夜

初夜静，月当空。破衾寒凉难御风。人老那堪多病患，青灯残卷盼天明。

渔歌子·落花

其一

暑往寒来四季风，花开叶落古今同。何寂寞，
趣无穷，明春绿岸又鲜红。

其二

落叶残花倍有情，天堂地狱勿需争。魂化土，
魄重萌，滋根养干护新生。

渔歌子·送友

地角天涯任尔飞，北疆花瘦海南肥。观美景，
赏潮汐，怡情行乐不思归。

步步高·寒冬

水冻冰痕，雪欺杨柳。时逢腊月，谁怜病叟。
人已老，天难绝，日永久。卧看牵牛北斗。

江南春·冬

风凛冽，絮徘徊。霜临秋已去，冬至雪袭来。松枝挺立舒筋骨，梅蕊生胎待早开。

天净沙·清明

凄风苦雨孤丁，断碑残土坟茔，孝子贤孙背影。烟消火冷，感恩岂在清明。

忆王孙·童年趣事

初生牛犊虎能牵，七岁童孩讨狗闲。一个葫芦树上悬。棍捅穿，蜂蜇肿包惹笑谈。

归字谣·秋

心似箭，游子逢秋心绪乱，倚栏遥望家山远。高空飞过南行雁，寄思念，一杯浊酒西阳晚。

双调快活年·开心事儿

开心饭后一杯茶，最美茉莉花。窗前掠过几
丝霞，晚照夕阳下。万事无牵挂。潇且洒。

如梦令·品秋红

霜染层林枫秀，疏干虬枝嵌豆。柿树火灯笼，
辣子串联悬牖。红透，红透。晚照霞霓依旧。

如梦令·题图

岚雾冷烟寒树，山下雪冰铺路。翁妪乘驴车，
信马由缰何故。挪步，挪步，谁可知其归处。

调笑令·南风

风暖，风暖，柳絮杨花飘远。兰香草碧晴明，
燕语莺啼共声。声共，声共，布谷催犁播种。

调笑令 四首

溜狗

溜狗，溜狗，草地牵人乱走。花衣锦裤丝巾，
亲亲胜过老人。人老，人老，谁管饥寒温饱。

微信

微信，微信，手指联通远近。非知对面何人，
聊天尽是至亲。亲至，亲至，须不松弛警惕。

寻梦

寻梦，寻梦，真真幻幻并重。庄周与蝶同欢，
卢生枕上做官。官做，官做，谁问阴阳对错。

交友

交友，交友，何必烟茶肉酒。真情一世姻缘，
千山万水挂牵。牵挂，牵挂，至死心难撂下。

长相思 二首

思归

风一重，雨一重，风雨难消故里情。梦中聚友朋。　　山一程，水一程，山水连绵向远行。家乡招手迎。

听鸟

云一层，雾一层，云雾山中闻鸟鸣。花红草木青。　　莺一声，燕一声，莺燕欢歌悦耳听。此中最逸情。

长相思·拙和冰版

出南洋，过西洋，爱在天涯无有疆。真情尺难量。　　天上航，地上航，浪迹萍踪路太长。何时归故乡。

乌夜啼·次韵李煜

湖塘远望红楼，慢垂钩。不钓鱼虾只为钓清秋。　　雁去也，客散尽，恁添愁。落叶飘来孤寂满心头。

点绛唇·屏前

灯火三更，屏前浏览诗词赋。细心评读，勤学除迷雾。　　绮丽篇章，点亮精华句。真情诉，苦甘遗趣，当在骚风路。

点绛唇·思归

夜幕沉沉，几家灯火阑珊处。笛箫歌舞，丽影情缘度。　　游子他乡，远望愁难诉。佳期误，去归何路，只有茫茫雾。

生查子·沈园写意

宫墙丝柳垂，不见飞鸿影。壁上隐残词，名曰钗头凤。　　廊桥无限情，流水缘由冷。千古沈园人，佳话谁人省。

生查子·浅夏

云来风起时，细雨湿衣袖。去热爽人清，解渴滋茵秀。　　倚栏观翠湖，鹜鸟争相逗。天霁晚霞红，劲舞笙歌奏。

玉蝴蝶·雪

寒风冽冽迷离，正是絮飞时。鬒耄魄魂衰，青春梦幻迟。　　红云生皱面，白雪缀枯眉。落落甚堪悲，问归谁可知？

昭君怨·雾凇

大雪飘飘又去，莽原层层堆絮。晨起伴霞光，景苍茫。　　岚雾疏枝凇挂，湖岸柳杨奇葩。璀璨透玲珑，韵无穷。

昭君怨·酷暑

今日分享酷暑，温度高达三五。寒舍胜蒸笼，盼凉风。　　小扇摇来浪热，退去薄衣半裸。胸背汗成河，阿弥陀。

酒泉子·春动松江

春动松江，塞北寒梅花放。占枝头，豪歌唱。曲流芳。　　止观斋主才情壮，骚赋添佳酿。烤全羊，翻新样。韵悠长。

浣溪沙·湖边

　　记得黄昏碧水边，柔风细雨柳丝悬。无猜两小手相牵。　　竹马无缘悄悄断，青梅煮酒味酸酸。几时劳燕各翩翩。

浣溪沙·黄昏恋

　　岸柳婆娑云脚底，假山石后水流西，双双人影有玄机。　　不见卿卿初展翅，更无我我恋痴迷，只缘结伴共扶持。

浣溪沙·无题

　　往事匆匆去若烟，亲朋故友总挂牵。常思童趣到从前。　　未必临风歌韵赋，无须把盏作诗篇，精魂不老自年年。

浣溪沙·抢红包

　　微信拜年已创新，红包疯抢更怡人。屏前战火荡烟尘。　　八块十元凭手气，三分五角足堪珍。财神欢喜进家门。

浣溪沙·拙和养根斋先生《立春感怀兼咏诗友雅集》

韵似松江不可量，诗如长白岂寻常，天池涌浪赞东荒。　　考古探幽贤哲志，行文证史养根忙，迎春唱晚沐新阳。

浣溪沙·花事

杨柳婆娑杏李柔，梨花带雨海棠羞，玉兰一夜显风流。　　争妒群芳多倩影，忙碌蜂蝶少清愁，须知春去景难留。

浣溪沙·七夕感怀

七夕逢秋热转凉，天桥铺路鹊神伤。流传故事地天长。　　今日飞船巡广宇，轻松织女会牛郎。平时微信诉衷肠。

浣溪沙 两首

秋夜吟

不觉沉沉夜已深，翻经读卷苦登临。三坟五典到如今。　　漫道流年风雨浸，只争岁月雪霜吟。从来未老是初心。

浣溪沙·步雪莹韵

四季轮回有暖凉，东西逆旅也寻常。去来只是太匆忙。　　志在诗词扬国粹，缘因韵律结兰香。大洋彼岸更芬芳。

秋游

曲径幽幽花木深，远山高耸待登临。且听翠鸟伴蛩吟。　　小坐亭台温韵梦，慢行堤岸拾琴音。清辉晚照也开心。

浣溪沙·纪念毛泽东

去国离家四十年，每时每刻不安眠。江山谁守甚情牵。　　宗旨初心终未改，锤镰高举续征篇。东风习习正春天。

浣溪沙·无题

万里云空一点烟，人生苦短几多年。而今白发伴苍颜。　　顾后浑浑思旧路，瞻前厄厄梦新天。风光无限在人间。

浣溪沙·春到岗子村（步格格韵）

雅韵敖东聚众英，春潮涌动好心情。采风一路话文明。　　陶片寻缘坡上卧，河灯祈福水中行。红绸舞处彩霞生。

浣溪沙·暮春

鹤发飘零到暮春，青山依旧老苔痕，夕阳晚照归来人。　　雨雪萍踪何处在，霜风浪迹已成尘，回头检点尽浮云。

浣溪沙·杂咏六首嵌纳兰性德《浣溪沙》句

其一

谁念西风独自凉，心头飘落叶枯黄。何人与我共西阳。　　一指帘窗难捅破，几多砖瓦未成墙。思来此事最荒唐。

其二

几许缠绵几许伤，萧萧黄叶闭疏窗。荒庐杯酒叹炎凉。　　来路已经难再忆，前程未卜岂能量。应知好事不成双。

其三

劳燕单飞向远方，送人玫朵手无香。沉思往事立残阳。　　海角天涯人去杳，花前月下景留伤。红楼一梦已茫茫。

其四

沧海横流浪逆狂，江湖行走水浑黄。谁人顺理可成章。　　被酒莫惊春睡重，迎风才觉梦乡凉。篱边墨菊映西窗。

其五

梦蝶翩翩问老庄，回眸物我两茫茫。铅华洗尽鬓成霜。　　病酒方知追梦远，睹书消得泼茶香。离愁别恨腹中藏。

其六

淘韵敲诗探短长，屏前微信自端详。无忧无虑度时光。　　一世红尘终有尽，万年故事永留芳。当时只道是平常。

浣溪沙·步人生韵

数九寒天雪堵门，隔窗遥望满天云。平平仄仄到黄昏。　　独守禅心追日月，且将幻梦化烟尘。夕阳眷顾写诗人。

浣溪沙·家遭水淹 四首

其一

墙壁如瀑漫水浆，瞬间屋地变池塘。七楼管爆六楼伤。　　发霉寒天家怎住，潮湿冷夜人难扛。苦中作乐写诗行。

其二

地板高浮似口张，门窗扭曲隙开长。天棚泥屑落寒床。　　衣柜歪斜衣浸水，鞋厨瘫塌鞋流汤。家私狼藉乱无章。

其三

天地无情乱主张，谁知灾祸降身旁。寒天更怕雪上霜。　　整理暂能持现状，重装只有待春阳。可怜无补费时光。

其四

破乱东西不值钱，除陈去垢解心烦。迎来旧貌换新颜。　　可惜藏书被水淹，堪怜诗稿已粘连。这般损失有谁还。

霜天晓角·依张岳琦先生韵祝贺中华诗词四代会闭幕

京华盛会，蟹岛风光醉。词客骚人何幸，议平仄，敞心扉。　　爽秋鸿雁至，征途新曲起。前哲后贤同力，扬国粹，今犹是。

采桑子·春分

　　东君着意安排巧，连日温阳，今又温阳，杨柳花开红绿装。　　适逢日月平分等，爱惜春光，莫负春光，阡陌喧嚣车马忙。

采桑子·夕阳

　　人人都道西阳好，点点残红。缕缕烟朦，夜幕来临只剩风。　　无端漫步归楼去，寂寂途穷。默默心空，独向餐台举酒盅。

卜算子·迎春节

　　柳巷响铜锣，胡同立阳伞。欢快喧嚣买卖忙，鲜货凭君点。　　祭灶昨刚过，节日已无远。福禄财神请到家，把酒看春晚。

卜算子·初雪有思

　　晨起坐窗前，天地开心幕。昨夜飘飘飞絮来，洗净茫茫雾。　　雾去人心爽，雪至枝条舞。追赶轮回四季时，莫把光阴误。

卜算子·雪

已罩一层棉，又展一层绣。洒洒飘飘落地来，大地冰封透。　　小雪正逢时，大雪接连遘。渡过双寒节日临，锣鼓春音奏。

卜算子·雨水过六天

已见水流檐，又见冰涸道。暖日和风扑面来，喜讯东君报。　　阳处雪残融，阴处寒料峭。远望朦胧几点黄，羞涩凌花笑。

卜算子·往事不如烟

往事不如烟，过去堪回首。岁月几多成记忆，酿就一壶酒。　　珍惜古稀年，期盼零零后。感谢西阳眷顾咱，叩问南山寿。

卜算子·秋

秋日送微凉，秋雨撕云朵。秋露莹莹洁净心，耆老秋时我。　　谁个恁悲秋，谁个尝秋果。秋问苍天自不语，秋到湖岸左。

减字木兰花·无题

善缘善结，寂寞空山只对雪。善始善终，莫管东南西北风。　　好修好梦，故里回归寻胜境。好去好来，化作青烟也壮哉。

减字木兰花·读《来生再牵你的手》

情深缘厚，一世一生应永守。贫富何求，湖海江河共放舟。　　老来病患，咫尺天涯难顾盼。瘦骨嶙峋，牵手殷殷慰此心。

诉衷情·觅芳

春归何处觅花芳，漫步湖塘旁。丁丁结结簇簇，萼蕊叶中藏。　　风送暖，雨临窗，韵徜徉。绿肥红瘦，点缀时光，素客传香。

清平乐·思乡

扶栏些许，骤降伤春雨。落落声声谁作曲，牵动天涯客旅。　　花开花落浮萍，家山远望难行。拾起离愁别绪，梦中缝补乡情。

巫山一段云·立春

款款熏风过，东君步履频。凌冰残雪早无痕，暖日最销魂。　　草绿前庭院，桃开后水滨。枝头燕雀唱时新，物我共耕耘。

巫山一段云·南海

南海风云起，东溟涛浪深。虾兵蟹将乱风尘，仲裁乱纷纷。　　守土维疆意决，何惧美菲日越。汪洋礁岛我家珍，来侵必被焚。

菩萨蛮·雪

山山岭岭铺棉被，村村寨寨遮帘帏。树挂雾排开，素绢任剪裁。　　冰封霓彩亮，雪塑琼花放。一派好风光，妖娆在北疆。

菩萨蛮·梅

疏疏落落晶莹景，殷殷点点虬枝影。斗雪舞蹁跹，凌冰何惧寒。　　初芽包萼绿，新蕊藏香气。一日荡春风，花开映碧空。

菩萨蛮·洪灾

滔天浊浪施狂虐，瞬间坝毁河堤裂。何奈小村庄，桑田变海洋。　房头人独立，孤岛呼声急。谁遣一轻舟，往来搏激流。

忆秦娥·夏日黄昏

碧湖中，霞辉映柳縠波红。縠波红，岸边侣影，树下仙翁。　绿荫亭畔琴弦工，翩翩街舞风吹虹。风吹虹，夕阳白发，靓丽苍穹。

忆秦娥·雪

风凛冽，苍穹飘落鹅毛雪。鹅毛雪，地天一色，晶莹高洁。　松花江上冰初结，荒原阡陌音声绝。音声绝，雾凇杨柳，玲珑城阙。

忆秦娥·远离毒品

花罂粟，伤人害命凶如虎。凶如虎，一人沾顾，聚家凄苦。　吞云吐雾魂何处，盲人瞎马悬崖路。悬崖路，回头是岸，远离毒蛊。

眼儿媚·送春

红瘦绿肥柳枝柔，碧草惹清愁。李桃早谢，梨樱无影，素客凝眸。　　而今又送春归去，欲罢也难休。情缘何在，相思未了，酸楚红楼。

武陵春·梦入桃花源

傍晚消闲独自饮，小醉梦邯郸。漫步寻幽探洞仙，误入武陵源。　　人面桃花开正好，石照映清泉。女种男耕喜乐阗。愿久驻，不思还。

摊破浣溪沙·秋日有思

白发逢秋恋萃华，手捧岁月数流沙。破盏残杯已无酒，且斟茶。　　四壁图书全拣遍，难寻新意献方家。归雁南飞心寂冷，问霜花。

摊破浣溪沙·清明

又到清明拜鬼神，牵孙携子祭堂亲。常悔孝心无尽到，愧人伦。　　围冢一遭杯滴泪，捧香三柱币销尘。感恩上苍传礼仪，动情真。

浪淘沙

恭步马凯先生韵贺中国共产党成立九十五周年并记海棠雅集

橹动始嘉兴，日月峥嵘。逆风破浪正航程。血火锤镰扬帆远，旗炳威灵。　　盛世鼓钟鸣，四海回声。海棠雅集颂功成。圆梦中华薪火继，旨在苍生。

浪淘沙·雨水

瑞雪兆丰年，六角翩翩。荒原野岭罩岚烟。楼阁亭台都不见，料峭春寒。　　雨水正今天，未滴房檐。东君跨马正扬鞭。只待金鸡催晓日，绿满人间。

西江月·春雪

昨夜几枝花放，今晨一树晶莹。暖阳初照露凌凌，滴水汪汪盈径。　　虽见灯虹霓彩，难寻楼玉亭琼。东风着力送春行，冰雪倏忽无影。

西江月·购物

网店星罗棋布，微销如火如荼。京东淘宝乱鱼珠，难觅平安肆贾。　　假货流通市场，谣言迷惑翁姑。花钱上当买虚无，有苦实难倾诉。

西江月·纪念三毛

飘泊天涯路远，忧心故国情衷。黄沙羁旅伴西风，命运自然注定。　　万水千山走遍，生花妙笔文丰。哀伤孤寂梦成空，一缕香魂纪咏。

西江月·感怀

狂妄何堪称大，慎微理可恭谦。人间世事总难全，窥豹斑斑几点。　　莫道红尘零落，常言绮梦挂牵。流年回首一丝烟，夙愿几人实现。

西江月·毛泽东

建党传播真理，建军扫荡污尘。为民为国尽殷勤。松柏迎风坚韧。　　大气虚怀若谷，雄心伟略凌云。吟诗作赋见经纶。推动神州前进。

西江月·无题

感叹人生苦短，须知岁月悠长。回眸脚印几多行，莫问高低升降。　　弱冠何愁暑热，稀龄怎奈秋凉。诗书几案一壶酒，与我谁能分享。

少年游 四首

春风

和和暖暖隐声来，得令下瑶台。扫清残雪，驱除尘雾，杨柳叶新裁。　　敲窗轻卷纱帘动，吻遍几人腮。抚桃催李，引莺送燕，春到莫须猜。

夏雨

无声细细浥轻尘，一洗地天新。柳杨知情，草花得意，旷野壮苗深。　　甘霖洒落精神爽，胜饮几杯醇。湖水盈波，群山呈碧，阡陌绿怡人。

秋霜

谁涂白粉画琳琅，感物叹沧桑。叶飘落蝶，草枯花萎，望断雁南航。　　一年又是秋风劲，岁月替更忙。岭上枫红，崖边松绿，篱畔菊疏狂。

冬雪

飞花六角落苍茫，大地换新装。野铺银毯，树开梨蕾，疑入水晶乡。　　寒天凛冽风沁骨，望远更悲凉。裁剪离愁，梦回桑梓，约友醉三觞。

倾杯令·全羊宴

神马前行，灵羊上路，瑞雪梅苞枝闹。冬去春归多少，佳节新元又到。　　全羊开宴客称好，领风骚，词光诗耀。群贤曲水同醉，助兴抒情未了。

醉花阴·醉梦

昨夜酩酊难识路，歧入桃花坞。绿叶缀仙枝，满地殷红，零落香如故。　　一溪流水廊桥驻，似有游人渡。崔护去何方，人面无常，莫恋佳人处。

醉红妆·老顽童过六一

银须白发聚顽童。古稀婆，半老翁。梦回年少乐融融。裙飞绿，裤飘红。　　翩翩起舞诉情衷。唱儿曲，玩迷宫。快意人生潇洒过，逢盛世，乘东风。

醉红妆·感時

白驹过隙总匆匆。指间流，发里行。晨昏听漏看霞腾。来无影，去从容。　　东君执意步新程。盼冰化，促梅红。鼓乐频敲催梦醒。人早起，迓春风。

青门引·重阳

九九重阳冷，霜露降时无定。残躯不御北风吹，泥炉温酒，或解惧寒病。　　茱萸插遍家山顶，故友难寻影。客乡羁旅萍踪，问愁缕缕何人省。

双雁儿·雨后湖边

淋漓夏雨送清凉。岸上柳，叶疯狂。有人垂钓在湖塘。戏银鳞，追饵忙。　　雾开云霁坠斜阳。晚照水，荡霞光。是谁亭榭放高腔。唱渔歌，韵律长。

忆江南（双调）·寒露

　　寒露至，冷雨罩冰城。街上出行多撑伞，室中闲坐少温情。无处不凉风。　　霜露重，何事满心萦。千里思儿荒野外，三餐厌饭病床倾。更夜盼星星。

忆江南（双调）·秋光好

　　秋光好，最美是秋山。霜染层林峰灿灿，泉流叠石水潺潺。遥望起岚烟。　　秋光好，最美是农田。成熟果蔬情脉脉，待镰稻谷笑甜甜。喜庆又丰年。

鹧鸪天·贺松林沐雨兄寿诞

　　电脑荧屏刚点开，红章贺语映眸来。同庚欲唱稀龄曲，异地常思咏絮才。　　松鹤梦，剑琴怀，诗词联对任君裁。寒风暖酒应为贺，心底晴明净雪埃。

鹧鸪天·农家小院

小院清明逸气舒，篱前墙后尽绿株。花枝沐雨台旁绽，树影临风案上书。　　看现在，忆当初，辛劳耕耒几荷锄。天然品味邀客饮，自酿新醅不用酤。

鹧鸪天·空巢老人 十首

其一

小鸟出笼向远翩，为君首赋鹧鸪天。一生耕耒多劳累，十月怀胎受苦煎。　　期盼盼，意拳拳，明珠掌上口中衔。三迁孟母学方好，就业他乡心挂牵。

其二

倜傥风流美少年，为君再赋鹧鸪天。春来杨柳枝繁茂，雨过桃花分外鲜。　　邀月老，线红牵，良缘喜结共婵娟。房车彩礼倾囊助，儿女欢欣我泰然。

其三

喜得孙儿到世间，为君三赋鹧鸪天。怀胎伺奉晨和晚，分娩相陪后与前。　嘘冷暖，送汤鲜，三更半夜伴床边。几番屎尿搽干净，百日开颜乐屁颠。

其四

因享天伦尽涌泉，为君四赋鹧鸪天。打工双燕离乡梓，留守孤儿伴老残。　怀里抱，手中牵，摇篮唱曲早催眠。小苗长大自家去，只剩银须对皱颜。

其五

寂寞空巢度日年，为君五赋鹧鸪天。向阳万木新枝绿，逢雨孤身旧病缠。　心恻恻，意绵绵，思儿想女望眸穿。多年未有回乡里，电话传音泪潸然。

其六

三月耕牛闹陌阡，为君六赋鹧鸪天。良田荒废无人种，陋室歪斜有孰怜。　租畎亩，补新砖，东挪西借凑些钱。养儿防老儿何在，望月观星一缕烟。

其七

枫叶摇红岭欲燃，为君七赋鹧鸪天。霜欺露浸篱边菊，雁去莺藏树里蝉。　床衾冷，薄衣寒，几经辗转夜无眠。真情欲吐谁人省，睡梦惊闻泣杜鹃。

其八

六角飞花落几番，为君八赋鹧鸪天。岁寒三友情堪烈，日冷孤灯意尽燃。　思北岭，忆南山，东流之水结冰川。扶栏暂且窗前望，哪块浮云可载仙。

其九

腊酒浇愁节庆欢，为君九赋鹧鸪天。灶王上界少言事，我辈人间多福田。　贴喜字，挂楹联，驱灾去病又新年。儿孙千里传音讯，除夕归来可梦圆。

其十

人老巢空事事艰，为君十赋鹧鸪天。千情父母恩珍贵，百善儿孙孝最先。　讲道义，倡忠廉，回家看看挤时间。多陪二老吃餐饭，胜过坟头化纸钱。

鹧鸪天·纪念长征胜利 80 周年 五首

其一

反剿难赢撤井冈，西行热血洒潇湘。黎平初议清斜念，遵义中枢正主张。　　战赤水，渡乌江，金沙大渡奈何妨？夹金山雪迎朝日，相会懋功旗帜扬。

其二

北上同心奔陕甘，横穿草地过泥潭。有人欲唱阳关曲，无路孤行巴蜀川。　　弦上箭，阻何难，率师连夜急搬迁。岷山天险平安度，一仗直罗挽巨澜。

其三

南下惶惶乱执鞭，几番草地受熬煎。祁连雪降风凛烈，黄水冰封马不前。　　战酷匪，抗严寒，全军覆没痛心酸。英雄泪洒丝绸路，血染荒沙寸寸丹。

其四

转战经年历苦艰，行程二万胜苍天。雪峰草地英雄汉，砥柱中流宝塔山。　　风凛冽，旗红鲜，延河怒吼斗倭顽。军民携手上前线，北斗领航路不偏。

其五

万里长征人未还，举杯洒泪祭前贤。英雄血染中华地，先烈情倾赤县天。　　旗猎猎，影翩翩，常思殉国好儿男。除蝇打虎莫停步，盛世锤镰续锦篇。

鹧鸪天·藕

莫叹枯枝落苇塘，莲蓬结籽自珍藏。污泥玉节圆圆块，碧水银根暗暗香。　　秋瑟瑟，藕长长，桌前佐箸酒流觞。纵然刀截千千片，不断丝丝挂肚肠。

鹧鸪天·和拾贝童子之读元旦社论和习总新年贺词

日历翻新向远征，锤镰飘舞众人擎。江山打下靠前辈，社稷守成赖后生。　　鸡唱响，马嘶鸣，初心不忘写峥嵘。践行宗旨同心力，盛世中华梦定成。

鹧鸪天·盘点 2016

日历翻翻剩几篇，鸡来猴走又新年。凝思来路无痕印，展望前程有雾烟。　　人已老，体犹残，扶轮杖拐也登攀。尚存一息终应乐，赋曲吟诗向九天。

鹧鸪天·除夕寄居海南诸友

海角天涯万里游，鹿回头处暂淹留。避寒消暑琼州暖，红林椰树景更幽。　　忆老友，会新俦，真情永在不言愁。金鸡啼叫阳春到，桑梓花开韵正稠。

鹧鸪天·春日飞雪

入夜西风敲我窗，告知明日雪飞扬。立春已觉春阳暖，雨水当闻水滴墙。　　梅萼绽，柳梢黄，东君脚步动山乡。神州同唱迎新曲，圆梦中华奔小康。

鹧鸪天·春日

煦煦和风暖日增，东君有令物华生。前庭喜见芽苞绿，后院欣闻兰草青。　　归雁舞，醒虫鸣，蛰雷响处杜鹃声。人勤地早田园乐，牛马喧嚣闹备耕。

鹧鸪天·春日难得晴天

万里晴空宝石蓝，熏风起处荡无烟。远山剔透玲珑画，近水澄平碧玉渊。　　人气爽，物心欢，檐头紫燕闹声喧。桃红杏粉芳草绿，共度清明禹甸天。

鹧鸪天·酒后遐思

才饮三杯人已醒，难寻昨日酒中英。流年碌碌烟尘渺，盛世蒸蒸日月行。　　颇既老，饭还轻，无能披甲逞豪雄。诗书几案残灯伴，微信闲聊度余生。

虞美人·立冬日雾霾天

长空雁叫何时杳，秋去冬来早。凌晨飞絮影无踪，万物不堪尽隐雾霾中。　　山青水绿今何在？失却原生态。殷殷期待雪花飘，风扫浊尘还我地天娇。

虞美人·深秋

人人都道秋光好，秋老添烦扰。冷风阵阵入轩窗，不觉心头霜降几缕凉。　　翻箱倒柜棉衣找，暖气通还早。老庄蝶梦总难成，倦目青灯残卷待天明。

虞美人·闲游

亭园正值中秋节，美景人争阅。曲径深处影婆娑，谁奏管弦别调唱骊歌？　　菊花簇簇开犹烈，何惧霜如雪。几多落叶送西风，绮梦未圆不觉已成翁。

南乡子·无题

漂泊度流年，地北天南各一边。耆老尚无安定处，情牵，愿为儿孙苦累捐。　　孤寂不成眠，遥望长空月正圆。回首一生多少事，堪怜，万里征程几缕烟。

南乡子·立冬日遐思

冬雨落窗前，霾罩城垣雾罩山。虽是立冬无见雪，凄然，依旧森森大地寒。　　何事怕凭栏，岁月匆忙又一年。浪迹远涯思故土，忧烦，浊酒倾杯且自安。

双调落梅风·踏青

　　春天到，花草俏。林中鸟戏飞鸣叫。水青蓝渡头舟挂棹，送往人众声喧闹。　　柳丝袅，晴日照。越葱茏踏青趁早。放明眸望之千里藐，展胸怀豁然长笑。

玉堂春·过年

　　酒斟杯满，聚会团圆心暖。一敬先亲，二谢高堂。绕膝童孩，且把红包放。老少欢欣福寿康。　　却道常回看望，何因居客乡。父母情恩，尽孝应行早。反哺当肖跪乳羊。

唐多令·结束高考，学子心声

　　解放在今天，翻身歌唱欢。试已完，莫问方圆。久困笼中飞去也，舒筋骨，放松肩。　　十载受熬煎，晨昏灯火连。案几伏，忘却三餐。只为题名金榜上，万般苦，化云烟。

鹊踏枝·暮春

探问东君春归否？万物生机，节令催时走。宿草茵茵铺地秀，李桃花落红应瘦。　　缱绻常怀湖岸柳。飞絮飘零，悲喜年年有。羁旅天涯多病酒，情思总在黄昏后。

蝶恋花·谷雨

谷雨逢时春已暮，柳絮飘飘，零落迷茫处。花落红消肥绿驻。催耕杜宇声声吐。　　拍遍栏杆寻去路，万里家山，隔断层层雾。老病残躯难举步。忧思缕缕何人诉。

蝶恋花·无题

回首人生犹似梦。一路劳神，一路劳神送。未见石碑高处耸，怡然自得惊魂动。　　梦蝶庄生心事重，物我难分，物我难分痛。天地茫茫谁与共，廉颇饭否堪当用。

钗头凤·送雪莹诗友赴美

人将走，灞桥柳，千山万水可知否？大洋险，天涯远。孙呼女唤，岂能不管。返！返！返！　思乡友，连丝藕，晨昏敲键屏前守。仄平苑，同心愿。小车不倒，诗花灿烂。赞！赞！赞！

钗头凤·恭步马凯副总理韵赞中国诗词大会

神挥袖，仙音奏，天人共舞心相扣。嘉联对，精工配。助波推澜，绮云霞蔚。美！美！美！　寻诗友，流觞酒，落珠敲玉玲珑口。真情贵，英魂内。千古佳话，仄平滋味。醉！醉！醉！

钗头凤·偶会老友

惊开口，忙斟酒。饭庄偶会家乡叟。观苍狗，追星斗。村头折柳，北南分手。走！走！走！　精神有，痴心守。菊迎霜露寒香透。秋凉后，重阳又。真情依旧，地长天久。酹！酹！酹！

临江仙·贺养根斋《寻访额赫讷殷》付梓

　　松水白山寻旧史，数来多少英雄。讷殷额赫续时空。千年遗址在，胜迹映霞红。　　考古池南圆绮梦，养根踏雪凌风。一朝手斧偶相逢。鉴明更替事，写入石碑中。

临江仙·九三大阅兵 五首

雷音

　　猎猎旌旗风劲舞，战歌响彻云空。天安门上矗高峰。金戈铁马在，大计掌肱中。　　豪迈雷音惊世界，裁员更显雄风。常思历史血殷红。同圆强国梦，共步且从容。

老兵

　　年少请缨投国难，艰辛转战西东。抛头洒血战旗红。英姿今尚在，遒劲泰山松。　　受阅国门何所幸，豪情直寄飞鸿。强兵富国慰英雄。夷枭心未死，亮剑不藏弓。

方队

受阅三军开列阵，整齐威武生风。将军领队换新容。一声军令下，步履震云空。　　过硬作风堪赞赏，精良技术称雄。保家卫国立奇功。上山能打虎，下海可擒龙。

装备

武器精良排绿阵，生辉铁甲隆隆。银鹰战舰露峥嵘。常规凭坦克，反导地连空。　　中国品牌昭世界，谁能称霸称雄。前车常鉴响洪钟。裁军威不减，横扫害人虫。

感怀

观罢阅兵真激动，豪情充满心胸。步枪小米立勋功。而今兵马壮，何惧虎狼虫。　　万里长城终不倒，黄河鼓荡雄风。舍身许国古今同。继承英烈志，永保战旗红。

临江仙·大雪节气

小雪刚刚冻地，又迎大雪封江。千山飞鸟尽冬藏。蚁虫无印迹，兰草孕新香。　　岁月匆匆即逝，夕阳几缕霞光。人生回首莫堪伤。倾杯谁共饮，一醉乐还乡。

临江仙·归梓

疏星朗月枝摇曳，秋深落叶霜风。抬眸遥望夜融融，水清如镜，山浊影朦胧。　　萍踪羁旅觅乡梓，流年穿越时空。高堂不见痛由衷，孝行难尽报，和酒泪倾盅。

临江仙·冰雪世界

雪塑城墙倩影，冰雕鸣凤虬龙。霓虹灯绕水晶宫。大门明镜柱，琼径自相通。　　玉树莹莹靓照，梅花点点殷红。楼台亭阁雾岚中。桃园何必去，此处有仙踪。

临江仙·牡丹江探源 （步张福有先生韵）

证史吟诗行进，丹江开步探源，欢欣追溯问
潺潺。沙河流水瘦，树壁挂云寒。　　年喜花开
热烈，河灯流放随缘，黑陶石斧释疑端。吉人堪
可助，绮梦定能圆。

一剪梅·冬雪

六角飞花下九重，凛冽西风，落絮飘绒。
乾坤剔透见仙宫，沃野堆丛，树挂玲珑。
都道严寒好个冬，蜡染山峰，玉锁江龙。
雕冰塑雪鬼神工，奇景凌空，梦幻霓虹。

燕归梁·秋情

慢捻银须执酒杯，孤寂少人陪。窗前老树荡
西风。月依旧，影低徊。　　浮萍漂泊，残荷断藕，
苦旅沐清辉。山乡遥望老屋颓。难入梦，盼家归。

青杏儿·春去夏来

晚照觅虹霓。毛毛雨，滴滴声稀。落花遍地无人顾。说红道绿，言情寄梦，怎挽春时。　　此刻杜鹃啼。适谷雨，畎亩犁归。东君送暖天时顺。种春锄夏，秋收丰廪，果满霜枝。

渔家傲·游兴

延寿一游逸兴起，老朋旧友增情谊。拾韵秋风湖水碧，烟雾去，枫红云岭苍山丽。　　小院农家风趣异，欢歌笑语抒心志。曲水流觞骚客意，舟共济，弘扬国粹常磨砺。

定风波·庆贺神舟十一号发射成功

万里云天任纵横，神州今又踏新程。霹雳一声腾空起，绮丽。姮娥欢舞兔蟾迎。　　复兴中华同努力，志气。初心牢记向前行。只有富强圆国梦，必胜，长征路上续长征。

苏幕遮·春日

惠和风，回暖地。霾雾澄清，又见晴空碧。归雁排人鹰展翅，杨柳伸腰，花草萌生力。　漫思乡，托梦绮。月月年年，浪迹天涯子。遥望家山隔万里，苦酒愁肠，且送东君去。

踏莎行·腊酒

岂惧冰封，任凭雪厚。适逢腊月春温透。龚兄寿诞彩云飞，苍颜未老松林叟。　若为诗狂，才成韵友。金元莫问几多有。清风明月本难留，痴情一梦千杯酒。

踏莎行·无题

竹马青梅，幽兰玉翠，少时谁觉愁滋味。云游杖剑自疏狂，天涯浪迹山和水。　逝去流光，归来暮岁，回眸往事心思费。青春老却路红尘，故人能见应无愧。

踏莎行·西湖印象

西子湖柔，钱塘潮烈。雷峰夕照双峰叠。观鱼花港柳闻莺，三潭辉映中天月。　　曲院风荷，孤山红叶。断桥远望晶莹雪。长堤围岛景清幽，诗情画意堪称绝。

兰亭梦令·无题

大江流碧影，明月照人寰，银须白发鬓斑斑。古卷青灯声慢慢，只为追先贤。　　千山和万水，苦辣与酸甜，青春无悔度流年。美酒三千一勺饮，不醉是神仙。

破阵子·纪念红军长征胜利80周年

强渡湘江喋血，迂回赤水惊风。遵义城头红日照，草地雪山看劲松。延安靓彩虹。　　八载驱倭胜利，三年缚住苍龙。红色江山谁固守，后继贤能正亮弓。梦圆慰逝翁。

摊破南乡子·夏日感怀

往事不堪温，轻回首，浪迹无痕。指间流光寻旧日，万端感慨，千层思绪，难以求真。　　阴雨落纷纷，春去也，夏又来临。红尘几度轮回事，年华已老，人生夕照，杯酒销魂。

喝火令·词牌游戏

六丑西江月，三台解语花。谢池春慢绿头鸭。烛影摇红南浦，秋月雨留家。　　韵令莺啼序，情词蝶恋花。大江东去浪淘沙。索酒露华，索酒散馀霞，索酒落梅疏影，别怨鬓边华。

喝火令·咏海棠

雅集恭王府，逢迎和煦风。海棠花放正融融。吟唱赋诗追梦，解语诉情衷。　　昨夜春潮雨，今晨玉露容。引来蛱蝶与工蜂。一树新青，一树似桃红，一树白如梨雪，沉醉淡香中。

喝火令·赞园丁

烛泪滴红血，萼苞催绿妍。一生奉献似春蚕。三尺讲台风雨，白发数纤纤。　　桃李蹊成径，门墙路万千。百花开放远香传。老也心清，老也醉林泉，老也不甘沉没，曲赋自成篇。

行香子·惊蛰偶得

蛰日无雷，小雪纷飞。看檐头，滴冻冰垂。词寒韵冷，弦管声微。盼春之情，春之约，春之归。　　雾霁云开，阡陌霞辉。日高照，和煦风吹。东君送暖，万物扬眉。看草儿萌，虫儿醒，燕儿回。

风中柳·留守妇语

岁月沧桑，劳累未曾烦恼。命随缘，苦心草草。厨前灶后，信守持家道。敬高堂，尽儿孙孝。　　惜别郎君，忍泪且含嗔笑。妾心祷，途安路好。工程结束，盼归来须早。夕阳下，手牵终老。

何满子·秋日感吟

墨菊绽开墨苑，秋风吹散秋云。近水远山多丽景，陶然逸乐登临。郊野放松心境，且听天籁瑶琴。　　落叶不言落寞，丹枫永驻丹心。腾空一鹤情未了，扶摇万里精神。荏苒时光轮换，新年又是阳春。

卜算子慢·无题

青春遁去，双鬓半凋，不似老廉能饭。唯有清醪，三盏两杯谁伴？客他乡，羁旅享忧患。近年关，些些故念，重春怨伤怀远。　　回首平生事，郁郁结层层，叹留遗憾。少学无成，壮老也无树建。到如今，自乐耕骚苑。纵写得，荒言野语，奈何频添乱。

水调歌头·贺《北国诗词》付梓并酬冰雪晶莹女史

去暑秋风荡，饮露菊花黄。呕心沥血多少，甘苦自能尝。千里往来邮寄，几地通联酝酿，唯恐漏华章。组稿酬吟友，结社铸辉煌。　　刊出版，当庆贺，举琼浆。诗书无价，千金难买谊情长。同道荧屏娱乐，知己芬芳共享，岂可不思量？感谢晶莹雪，甘做嫁衣裳。

水调歌头·中秋

明月几时有，不用问青天。苍穹未见宫阙，缥缈尽云烟。何必乘风归去，独居偏乡茅舍，低处耐清寒。小醉梦初醒，怡趣在人间。　　疏枝动，青灯影，夜无眠。萍踪苦旅，难得明月仲秋圆。离合悲欢多有，圆缺阴晴常事，千古共一篇。但愿人长健，胜似月婵娟。

水调歌头·咏开封

宋汴城垣古，自贸特区新。神州游遍，衷情无改故乡亲。千载沧桑历史，几度风云变幻，荣辱俗风淳。承唐启明后，根固国中魂。　　流水逝，光阴迫，净浮尘。欣逢盛世，开拓进取气氤氲。借得东君送暖，独占天时地利，击鼓壮行军。重绘河图色，绮梦定成真。

声声慢·落叶

零零落落，洒洒扬扬，沉沉寂寂寞寞。回首昔时光景，可堪美绰。逢春萼蕾绽放，共几宵艳情娇魄。赤减瘦，绿增肥，碧影也曾神铄。　　飒飒金风忽作，憔悴损，枝头已难停泊。露浸霜欺，耆老病枯体弱。又经几回冷雨，到今朝，未剩几箬。且去也，愿化入泥土共乐。

高阳台·践行社会主义核心价值观

沧海桑田，峥嵘岁月，千年积淀今天。故国悠悠，龙魂一脉相传。欣逢盛世开新宇，展旌旗，力挽狂澜。业承前，光耀中华，重任担肩。　　安邦治国无空喊，制实施方略，廿四箴言。追本求源，除蝇虎正衣冠。民主法治双轮转，创和谐，社会安阗。树淳风，敬业心诚，绮梦同圆。

曼丽双辉

蛟龙游碧海，神舟追月问苍天。丝绸引路，全球拉动，旌旗起舞翩翩。打虎除蝇清恶患，输云排雾荡霾烟。同舟风雨济，图强砥砺度时艰。　诗词对韵，岁月经年。雨暴风狂不惧，击浪弄潮正扬帆。赤子初心在，宗旨记心间。十亿雄狮今已醒，兴大业，看我中华圆梦著新篇。

雨霖铃·送别

何人声咽，雨霖铃赋，慢唱离阕。屏前相逢几度，无曾识面，华章应瞥。网络编刊正热，奈何故间歇。叹世事，杂色纷繁，各有幽思万千结。　而今未必吟伤别，此佳时，正是中秋节。方舟击浪延水，寿石在，谊情难灭。韵海波横，诗苑花飞，美画堪绝。且寄梦，常往常来，笔墨同愉悦。

春从天上来

冰雪初消，北国涌新潮，春上枝梢。梅吐苞萼，杨柳丝飘。傲雪绽放梅娇。看林中飞鸟，睡意醒，嬉闹声高。舞裙裾，恰锣鼓阵阵，笙笛萧萧。　　荒原敞开怀抱，盼雨水淋淋，蛰震嘹嘹。分日开犁，寒食种麦，布谷声里栽苗。问东君何至？人鼎沸，马换羊羔。赞清明，愿九州圆梦，无惧迢迢。

庆春泽·锤镰颂（步李文朝将军韵）

肝胆织绢，锤镰对韵，幽灵主义生根。荟萃贤能，南湖逐浪驱身。筹谋点起星星火，亮明灯，引领穷人。棒千钧，埃雾澄清，匡正乾坤。　　兴邦历难雄狮醒，看神州万象，处处更新。雪雨霜风，巍巍挺立昆仑。民心党性焉能辱？结同俦，破雾拿云。举红旗，薪火传承，盛世永存。

庆春泽·长征颂（步李文朝将军韵）

血火征程，铁流万里，奇闻今古神惊。困苦艰难，千锤百炼功成。雪山草地情犹迫，气如虹，殊死拼争。振长缨，力挽狂澜，砥柱魂凝。　　八年抗战驱倭寇，又拉朽摧枯，国运担承。励志图强，开山破岭前行。而今盛世升平景，舞东风，浪鼓沧溟。续长征，圆梦中华，且看龙腾。

庆春泽·海棠颂（步李文朝将军韵）

桃李呈芳，玉兰吐艳，百花各有灵根。西府海棠，丰姿玉骨牵魂。逢春得雨仙枝俏，色清纯，红白称尊。伴微风，摇曳私语，香气袭人。　　几多故事风骚会，集名家咏唱，猴岁新伦。诗赋精嘉，短歌长句清芬。传承国粹同心力，且擎觞，莫负良辰。继先贤，笔蘸霞云，韵满乾坤。

望海潮·纪念党的生日（步张岳琦主席韵）

嘉兴星火，南昌戈钺，雪峰草地飞过。八载抗倭，三年斗匪，江山一统婆娑。问敌感如何？国开建基业，经纬穿梭。旧貌新颜，龙飞凤舞唱欢歌。　　天南地北亲和，看神州崛起，丽日晴波。几多雨风，惊涛拍岸，中流砥柱青螺。众手泰山挪。飞船游天阙，龙探溟涡。圆梦中华，习风鼓荡更巍峨。

沁园春·归来感怀

游子回来，几近霜冬，望断雁痕。念娇儿弱女，谋生不易；外男孙仔，成长堪亲。病体何辞，晨昏炊顾。莫问酸甜和苦辛。都说是，有亲情为伴，享乐天伦。　　缘因，北渡南巡。却难料流年欺老身。叹皱颜瘦骨，银须华发；铅华退却，返璞成真。陶潜耕园，廉颇尚饭。温饱无愁度晚殷。吾何幸，遇清平盛世，终老归根。

贺新郎

贺中华诗词学会与吉林省诗词学会成立三十周年（恭步郑欣淼会长韵）

承继何曾歇。看神州，风骚千古，韵旌频揭。三百诗经源头起，凸现文心咄咄。兴乐赋，骈章尤烈。唐宋巅峰开广宇，历春秋曲共诗词热。多瑰宝，载书页。　　中华圆梦生机勃。正春天，莺歌燕舞，水清波澈。盛世高歌扬国粹，万众笔耕不辍。三十载，源流相接。灿烂辉煌铭史册，拓新途进取无穷竭。举大纛，再飞越。